P9-DVB-264

RENEWALS 691-4574
DATE DUE

Demco, Inc. 38-293

WITHDRAWN
UTSA LIBRARIES

El nombre
de las cosas

Antonio Hernández

El nombre
de las cosas

GRUPO LIBRO

Library
University of Texas
at San Antonio

Colección LETRAS HISPÁNICAS
Proyecto y realización:
Edimundo, S. A.

Diseño de portada: Ártica

© Antonio Hernández, 1992
© GRUPO LIBRO 88, S. A.
   Guzmán el Bueno, 133
   28003 Madrid

ISBN: 84-7906-144-8
Depósito legal: M. 39.627-1992
Primera edición: 1993

Compuesto en FER Fotocomposición, S. A.
Lenguas, 8. 28021 Madrid

Printed in Spain. Impreso en España por
Talleres Gráficos Peñalara, S. A.
Carretera de Villaviciosa de Odón a Pinto, km 15,180
Fuenlabrada (Madrid)

Library
University of Texas
at San Antonio

A Concha Luque,
y en ella,
a las mujeres de mis amigos.

Yo no tengo qué llevarle

En la misma puerta de Palacio, sofocado el tambor del coche, el poeta andaluz le dijo al oído a su paisano y colega de estrofa: «Hostias, Pedrín, los picoletos de nuevo». El Capitán de la Guardia Civil, más simpática y cordial su especie disciplinada que en otras ocasiones, les devolvió los carnés de identidad y, sonriente, les deseó Felices Pascuas y Próspero Año Nuevo. «Cómo han cambiado las cosas, Pepe —le comentó confortado el poeta andaluz al otro poeta—. Antes, fulanito a secas y, ahora, con el don por delante y todo.» «En efecto —le contestó Pepe—, con las manos en alto y el Documento Nacional de Identidad en la boca. Y luego dicen que no ha cambiado nada con los socialistas...»

Cruzaron las dos hileras de árboles que escoltan el camino hacia la entrada del edificio principal del Palacio de Belén, sintiéndose otorgados, como ungidos. En el *hall*, con su barba histórica y su rostro de profesor simpáticamente chaveta, el Portavoz ya apacentaba a un rebaño de merlines *amateurs* a la caza de su atención. Había, en un costado, un árbol de Navidad como una piñata de los montes, ilustrada su raza pina con chucherías escondidas bajo el papel de plata deslumbrante. En el otro costado frente al arbolito coqueto, una foto de su Majestad el Rey. En medio, como una frontera entre la ilusión y la esperanza, unos divanes desollados por el tiempo, fuera de época en su vertiginosa cursilería tapizada en rosa, como de inspiración zape. Algunos cuadros, con condición entre fotos calendarias de Romero de Torres y motivos del Descubrimiento, completaban una decoración que los mil espejitos en cascada de la lámpara proponían de tiempos sucedáneos de conquistas, por la paramera hacia Dios y antes morir con honra que vivir con vilipendio. La lámpara, en su gran huevo cósmico de matrona refulgente, simbolizaba el espejo imposible aunador, que en recortes de luna tasaba las figuras mínimas y deformadas de los visitantes, por un día señeras sus distinciones domésticas con tiradas inferiores —en la inmensa mayoría de los casos— a los mil ejemplares. Poco a poco, la riada de la concentración escritora cuajó en marea, en aluvión, en magma, que desbordó el *hall*, la antesala, el recibidor proimperio, y se abrió —lámpara fiel de Aladino— la puerta que conduce al gran salón de recepciones, en el que todavía no había dado con su persona don Enrique. Alguien, que demostró en osadía lo que normalmente no responde a estrecha confianza, preguntó si iba a asistir Alonso, como si de chico hubiera ido con él a la escuela de Heliópolis. Y otro comentó: «Alonso, la Trinchera, hermosa, necesaria revista de combate». El agregado cultural de una república centroamericana, que había escuchado campanas postcoloniales, echó su cuarto a espadas, nunca mejor dicho: «Recuerdo una crónica publicada en esa revista sobre una memorable faena de Carlos Arruza». El trincherazo lo dio don Enrique al aparecer con sonrisa alada de niño grande y mofletudo, sólo lastrado de infancia aventajada por la ausencia de los pantalones bombachos. Lo recibió un desacompasado intento de redoblar palmas flamencas, como cuando la plaza de toros de Madrid quiere vestirse de Sevilla y le toca a

Paula por bulerías. El poeta andaluz, seca, sonoramente, se quejó de que aquella turba de versos cojos, de narraciones sin pulso y ritmo tartamudo le habían prostituido el lenguaje de palomas que las palmas a compás elevan tal una oración al cielo. La señora de la casa, guapa, elegante y emigrando de morena como si el sol de Doñana no quisiera apartarse de su rostro, miró con ternura a su marido. Un novelista del sur, a quien el Maradona de José Manuel Lara le dio un balón como oportunidad y, a cambio, recibió un ladrillo, musitó: «¡Ele ahí mi niño!». El niño vestía un traje de alpaca y una corbata de lunares rojos, y como el chiste lo pusiera a huevo su asesor de imagen, un poeta novísimo comentó al oído de otro poeta viejísimo de la misma leva castelletiana que «de la rojería ya sólo le van quedando lunares». A esas entró el poeta Rafael Alberti, cuya pierna rota le ha quitado diligencia a sus años, pero ha venido a ratificarnos su eternidad de poeta clásico al que no duelen prendas de pie quebrado. (Todos pensamos que sigue siendo nuestro más joven poeta bisiesto.) Detrás suyo, Umbral, menos joven que Alberti, con su bellísima esposa María España; Álvaro Pombo, sudoroso, con los pies al revoleo de abanico, gigante y travieso, a paso de orografía; Antonio Martínez Sarrión, como un San Cristóbal rojo; Antonio Gala, llenando la estancia de su apellido, y Rafaelito Montesinos, engarfiado, diciendo que se había perdido por tanta carretera obtusa y que ya podían vivir en otra parte.

En el salón de columnas, de montera plateada al reflejo de las luces, porticado por tres de sus cuatro frentes, estaban casi todos los que son y muchos de los que suelen estar, aunque nunca hayan sido sino para necesarios figurines, maceros de los cócteles. Estaba Buero Vallejo, como un consejero a la fuerza

13

y descontento de Felipe II; Don Camilo, varilarguero y prenóbel; Aguirre, en su aventura equinoccial de ducado y academia, a la misma distancia el sol de los dos polos; Zamora Vicente, con un traje gris, pero siempre de luto hasta los pies vestido, y otro académico, también en aires de Santo Oficio. De pronto, por un córner, apareció Alonso Gallo y el vacío se hizo, excepto en el ángulo oscuro elegido de su aparición sinuosa y humilde al mismo tiempo, para que, al fin, unos cuantos indisciplinados pudieran respirar. «Es él», gritó Vana Rolletti. Y él, sin otra salida, tuvo que llenar de autógrafos las agendas con su pluma de Antonio Machado. Adolfo Llamas, el jefe de publicidad de una revista de *basket* —sobre el que nadie lograba explicarse qué hacía allí, a no ser que pretendiera el fichaje de Juan Benet para un equipo de baloncesto—, le vio la cartera extendida, en cuyos compartimentos de terciopelo suspiraban su oportunidad en retén una Parker, una Dupont, una Montblanc, una Shaffer, una Pelikan... y sancionó excluyente: «Tiene más pluma que la esquina de Marqués de Riscal». Gallo estaba contento: todos los que habían criticado su poema de la revista *Tiempo* hacían cola. A su fino magín de andaluz desconfiado no se le escapaba la envidia camaleónica de los Aenobardos en busca de la canongía. «Falta Lola Flores», disparó una lengua bífida. Y Rafael —Flores, por supuesto— apuntó otra alevosamente, para aclarar más tarde que no había asistido por autoestima y respeto a su idea republicana. Estaba contento Alonso Gallo, espeso de feliz, y así hubiera seguido de no ser porque Umbral metió la pata velluda y tísica: «El Eurocomunismo, Alonso. Si te hubieras dedicado a Vallejo en vez de a Machado, otro *gallo* nos cantaría», aventuró con su voz de Pavarotti de la literatura. Gallo afiló el diente astifino, curtido en cien batallas de Desierto de los Diputados y, mirando a la mujer de nuestro mejor estilista, remachó: «España, España, aparta de mí este Umbral».

El protagonismo súbito y natural de don Alonso se fue apagando, también naturalmente, hasta confluir oídos y miradas de nuevo en el número uno. Con él charlaban José y María —alguien dijo, pérfidamente, que de Areilza—, lógicas sus presencias en tal jornada; Fernandito Sánchez Dragó, haciendo gárgaras con Habidis, un consolidado bicarbonato; Juan García Hortelano, inteligente y tierno, vestido de barril, y el poeta Antonio Fernández, ataviado de blanquiverde, aunque más negro que el palo de un churrero porque no lo ascienden en el Ministerio de Cultura. Don Enrique reconocía lo caro que está el besugo, el pavo, por las nubes, y que a la vuelta lo venden tinto, pero se contraatacaba sus deseos de una mayor capacidad adquisitiva en el currante con el argumento de que, con alegres concesiones, más vendidos que el barco de arroz. Todos terminaron comprendiéndolo y, más todavía, cuando habló del problema del paro —mucha economía sumergida— y no digamos del terrorismo o la droga. Pero el resto, ahí, como una balsa de aceite, sin que la derecha pueda decir esta boca es mía. La moneda, fuerte, como Botana, mitad intelectual, mitad atleta; el producto interior bruto, que ni Barrioviejo; el campo en manos de quien mejor puede conocerlo, el Romero, que nació en él sin necesidad de que lo sembraran, y el toro de la política exterior, más que embarcado, para el arrastre, en el rincón de Ordóñez. Y a todo esto, Gallo, con toreo exquisito de mano izquierda de ajuste fino en épocas de distensión y de derecha a la cabeza misma del antagonista en tiempo de elecciones. Nadie jamás como él llegó a hacer realidad las reglas soñadas de Paquiro: con el capote, como un arpegio; aéreo, sin perder la línea y rotundo con las banderillas; largo y hondo con la muleta, terrible con la espada. (El único peligro es que, ante semejante poderío, el público se canse, como ocurrió con el Guerra o con su homónimo Joselito.) Qué cartel —El Gallo, Ordóñez y Romero—, como si los años convergieran, no hubieran pasado y ofrecieran por arte de magia la terna fabulosa de lo integral con el primer espada, la mímesis siempre renovada del clasicismo con el segundo, y el olor de época, el arte natural, sin escuela, de campo, con el tercero: Gallo, Ordóñez y Romero. «¡Lo que encierra eso, digo!», sentenció el gran novelista apagado Alfonso Grosso, que se había incorporado al grupo.

En aquéllas, todavía modosas, andaba la grey, sin revolucionar del todo, ceremoniosa y aceptativa, educada, como es constante hasta que el whisky empieza a hacer estragos. Y empezó. Sobre las once de la noche el humo de los cigarrillos se había hecho hongo de toxinas en el techo, como de cielo madrileño polucionado. Un rumor de oleaje cantábrico batía el aire convulso. El chin-chin de las copas y los vasos a destajo ponía un contrapunto de sirena etílica en el ambiente comunicativo, de elogio tornado a denuesto, de piropo inicial metamorfoseado en chanza. De pronto, cuando todos pensaban que se hacía para aliviar el panorama, se abrió la puerta y una turba legítima ancestral se hizo paso panderetero entre la turba escritora. Era el son cetrino de Juana la Acelga y su familia que, desde Las Cabezas de San Juan, habían llegado para poner en el corazón feliz y alborotado de España la telúrica ofrenda racial del villancico agitanado. «Sevilla y su verde orilla / sin toreros ni gitanos. / Sevilla sin sevillanos, / qué maravilla», declamó alguien. Otro alguien la tomó con un antólogo presente y dijo infame, resentido: «Más misas tiene en el cuerpo que monseñor Buxarrais». No sació ahí su venganza sino que, como buscándole pareja que lo acompañara al infierno, miró hacia una colega y asaeteó: «Otra que tal anda. ¿Sabéis cómo le dicen? La Enana de las Cebollas». «Pues, anda, que aquél —terció un tercero, dirigiendo el dardo al poeta Fernández—. Dicen que va a publicar una novela en Limpiadori, *Nana para dormir francesas* le ha puesto de título. Para dormir francesas y para dormir a cualquiera, no te jode.» «Pues yo pienso —apostilló uno de los piadosos contertulios—, que le va a ir mejor de humorista que de poeta. El Betis, la mancha verde, no es mal chiste.»

Por el aire envilecido una aceituna viajera disparada contra un crítico fue a empotrarse en el pelo amaromado de la Acelga y los gitanos miraron raciales y moscas. Rumbeando hacia la coartada de una columna, Sánchez Dragó le decía versos de Hölderlin, como si fueran suyos, a una de las doncellas de Palacio. Un poeta gallego, pasándose de la raya que es frontera entre la broma aceptable y la otra, depositó sigilosamente un pequeño tenedor de plata en el bolsillo de un paisano y, dirigiéndose al jefe de protocolo, intentó sentar diferencias, puesto que todos, hijos de la misma lira, no lo eran, sin embargo, de la misma madre. El jefe de protocolo, atribulado, en aprietos ante lo que podía ser piedra de escándalo, sonrió forzosamente y le pidió discreción. «Es que, luego, se nos mide por idéntico rasero chorizo, carallo», respondió el travieso vate celtiña, o sea, Manolo Vilanova.

Don Enrique, sin perder el tipo, sonreía a todos, un poco harto de todos. Don Alonso, más sagaz y más práctico, más curtido en lides escritoras o más aligerado de compromiso, austero y abstemio, se deslizó hacia los dominios de su despacho y refugio. El Portavoz sacudió una cucharilla contra un vaso y comunicó a los presentes que «este año, siempre coherente con nuestra filosofía de cambio, las doce campanadas tradicionales de la Misa del Gallo van a ser sustituidas por la proyección y canto de los doce goles que España le hizo encajar a Malta, y las doce uvas de Año Nuevo por doce aceitunas sevillanas, faltara más, hay que hacer patria y propaganda de productos típicamente españoles». Acaso influida por la buena nueva con fondo deportivo, la JODE, recién fundada asociación que responde por sus iniciales a las personas de Jesús-Visor-Ollero-Julio-, Domínguez-Gustavo-, y Esteban-Pepe- decidió poner en manos de Javier Figuero —con el fin de que se baquetee en su cancha de Locas Pasiones— el equipo de escritores a pugnar con los políticos y que resultó ser el siguiente: Portero: Rafael Alberti —con el maillot del Cádiz Club de Fútbol; defensa derecho: Camilo José Cela, con la camisola del Mallorca; marcador: García Hortelano, con la del Atlético; líbero: Gabriel Celaya, con la de la Real Sociedad de San Sebastián; defensa izquierdo: Javier Martínez Reverte, con la del Madrid; centrocampistas: Juan Cueto, con la del Sporting; Antonio Burgos, con la del Real Betis Balompié; Rafael Conte, con la de Osasuna, y Patxo Unzueta, con la del Atlético de Bilbao; puntas: Francisco Brines, con la del Valencia, y Manuel Vázquez Montalbán, con la del Club de Fútbol Barcelona. Quedaron como suplentes cuatro grandes escritores que, por serlo, no merecen ser arrastrados o expuestos como platos de segunda mesa, por lo que, aquí, caballerosamente, se silencian sus nombres honorables, de la misma manera que el de los masajistas, más que materia de locas pasiones, locas a secas.

Un poco antes de las doce, y en espera nerviosa de la goleada, tres cómodos sillones y una mesa espaciosa fueron instalados ardua y dificultosamente en el fondo del salón, y don Enrique, con José y María, pasaron a ocuparlos no sin que antes el anfitrión le ofreciera el suyo a cuanta dama se encontró en camino. Se situaron a sus flancos dos barbudos desconocidos que, momentos antes, habían recibido una regañina de un señor con bigote que daba la impresión de mandar mucho, y frente a ellos, el personal. El televisor portátil, transportado al sitio para la ocasión, dio la medianoche de los doce goles y el novelista andaluz del ladrillo envenenado volvió a gritar, esta vez sin compostura, «¡ele ahí mi niño!». Uno de los presentes, más recatado el hombre, musitó que la escena era una viva estampa del Portal, por algo se estaba en Belén. «Están tal cual, incluida la mula y el buey» —precisó refiriéndose a los dos barbados—. De repente, la Acelga y sus acompañantes comenzaron a amenizar la fiesta ofrecida por don Enrique a lo mejor del país —sus intelectuales— con sones canasteros: «A Belén, pastores, / a Belén, chiquitos, / que ha nacido el rey / de los angelitos». (Todos lo corearon, unos con más buena fe que otros.) Don Enrique, corrido, pero canchero, desde su notable sentido del humor, sonrió con elegancia a lo que por parte de la gitana y su tribu se supuso dirigido a su persona. Su homologada perspicacia captó el potencial de ironía posible en la concurrencia y, poderoso, atajó: «Señoras, señoras, señoras y señores: a más de uno, a más de uno, le hubiera gustado que yo naciera en el día de hoy, aunque fuera aquí, en Belén, en Belén, porque sería indicativo de que en estos últimos años, a lo

19

mejor, o a lo peor, lo habían ocupado ellos. Pero no me importa lo que se diga, y aun agradezco que alguien se refocile en la broma que aplaudo, porque hay que nacer, hay que nacer, todos los días, todos los días, renovado en esfuerzo por el progreso de España. Señoras, señoras, señoras y señores, digamos que, hoy, vuestro afecto y vuestra comprensión han hecho, iluminándome, que nazca de nuevo».

Una gran ovación atestó el aire de entusiasmo, pero don Enrique pidió silencio porque quería agradecer los presentes que los escritores habían ido depositando momentos antes en la espaciosa mesa. «Los libros —prosiguió— son los mejores regalos y los únicos que puedo aceptar, porque son la consecuencia encuadernada de vuestros espíritus trascendidos en la sangre de la tinta. El mejor tesoro del Gobierno que al Gobierno compromete en la idea de aprendizaje para la superación, para la superación. No sé si un libro ayuda a triunfar, pero, seguro, seguro, enseña a querer.»

Se repitió la ovación y la sonrisa humilde, solidaria, cálida, humana de don Enrique. Volvieron a chocar los vasos como si la patria estuviera a salvo después de una guerra —lo estaba realmente— y, sobre la mesa espaciosa, brillaron los títulos, alguno de los cuales un periodista no dudó en transcribir para la joya de su libreta de apuntes: Paneras, Celadas, Grosserías, La Lola se va a las puértolas, Conterías, Valentinas...

Afuera, la luna boba se dejaba ver eterna y las estrellas fulgían como si el cielo fuera el fondo de un saco millonariamente agujereado por el misterio. La gente se divertía por las calles y había puestos con castañas, buñuelos y anises, como en la posguerra.

Cerca de Belén, en la puerta de un bar de Princesa, encanallado con una botella, el poeta loco y puro Carlos Oroza cantaba: «Todos le llevan al niño, / yo no tengo qué llevarle». Era Poe, Poe, Poe haciendo ruido con el agua.

Crónica de
la posmodernidad
hecha pedazos

Como el día es uno de los más señalados por el calendario entre los que componen el aburrimiento anual, antes la banda de música ha estado tocando en la plaza de España música de zarzuela, que es a lo que ha ido la gente llana, colocada como reserva india después en las alturas abismales y sombrías del «gallinero» del teatro. Las madres de las chicas más notables de la población, que son la reina y las damas de honor maravillosas, tienen todo el rostro maquillado menos el blanco de los ojos y el anhelo, ya veterano, de las pupilas, en los que el colirio ha hecho un trabajo de restauración auroral. El señor alcalde ha dicho que el sin par escenario del teatro es «un ascua de luz», frase memorable que el cronista oficial de la villa no tendrá más remedio que transcribir en su texto sobre el acto para la revista bimensual *Amapolas y Trigos*. El todo Villanublo del Tembleque se encuentra aquí porque la Virgen de la Rosa va a ser piropeada como nunca —y como dos años ha, y como el otro y el otro— por un señor conspicuo de suma garantía, que esta vez se ha desplazado desde la capital autonómica, ya digo, el insigne pregonero o mantenedor, un capullo lírico con *smoking* que tendrá que cantar, junto con la belleza de la población y la calidad de su tomate, las excelencias intimistas del capullo natural del poeta ganador de los juegos florales, además de a esa otra flor que es la reina de los mismos y al ramillete de clavelinas núbiles que son las damas. La Guardia Municipal, que ha estrenado uniforme, se siente emocionada en lo que la marcialidad permite de emoción, que llorar no es castrense. El comandante de puesto de la Guardia Civil está en su lugar descanso preferente con el traje de gala que sólo se pone el día de la patrona de la Benemérita, y toda la corporación en su sitio hecha un solo hombre y un escaparate de trajes amplios, camisas floreadas, corbatas coruscantes, y demás vaselinas a su inenmascarable bastedad homogénea.

Hay monjitas salesianas que han traído en fila de a dos a las internas de pago, diablillos descarriados de la disciplina estudiantil que su piedad irá ganando para el seno puro de la Santa Madre Iglesia. Hay poetas locales en ínfulas contenidas de amotinamiento porque no fueron distinguidos en el fallo de un jurado que presidía el suplente del asesor del delegado del consejero de Cultura de la autonomía. Hay un macero con sonrisa de sindicato vertical en pos de una gabela que le coloque al hijo de macero o de clarinetista de la banda de música, pues antes fue «balilla» y tocó el trompetín en el «Batallón Inmortal "Mora Figueroa de Albornoz"». Y en los cumplidos de la gente hay un olor a incienso tan grande que sólo es una premonición, o un adelanto, de lo que se va a decir en verso y prosa.

Nada ha cambiado, porque nada cambia lo que el tiempo tozudo en su insistencia callada de perfeccionamiento ha ido modelando contra marejadillas revolucionarias. Cuando llegó el alcalde progresista, un viento garañón batió los velos tradicionales y se quiso cambiar, sin un adecuado sondeo o una encuesta entre los habitantes de la calle principal del pueblo, lo que al pueblo le pirra desde que el *Hola* es *Hola* o un trono, trono, y sobre todo si se entiende por pueblo la burguesía, el aristócrata que nunca entró en palacio, ni se lavó los pies, y las autoridades. Con tal sentido de la improvisación, el rojo pregonero —elegido para cantar el fasto sin que se derritieran del todo los prohombres en el canto de lo que los identifica como sacrosanta clase—, se pasó entonces de la raya y puso «empleo» en donde «flores» pudo; en vez de «guerra», «pan», y en vez de «Nato», «nata»; «libertad» donde «rezo»; «trabajo» para todos donde paz a los hombres de extremada paciencia, y una historia real, como la vida misma, en cuyo centro evocador temblaba la rabia de unos pobres emigrantes. Entonces fue, sin más, cuando la arrebolada asistencia feligresa quitó el tapón a la gaseosa de su pecho ofendido para que el gas saliera camino del mantenedor que atentó contra las formas humanas y celestes, y puesto que, en ventaja de costumbre, sabían que preserva un buen ataque, quien fue de ilustre, terminó de randa, granuja, caco, galafate, pillo, y otras definiciones más usadas contra su familiar más inmediato y cierto. Terrible el colofón, fue deslucido el cierre en su improperio al blanco rojo, que no entendía nada porque el señor alcalde progresista le había sugerido que ya estaba harto de los curas, del señorito tal que hacía mofa del jefe del Gobierno, del fascista intratable que, en el Casino de los Labradores, se jactaba de haber rejoneado, en vez de una becerra, a un anarquista, y de la madre, claro, que los pariera a todos, aunque fuera una santa y, por más misterio, la Virgen, el muy bestia. «Estos, Fabio, que ves ahora, campos de soledad, mustios collados, fueron no ha mucho, Itálica famosa» —se dijo el pregonero—, y escoltado sin ganas por la Guardia Civil salió del pueblo sin comprender lo que le plugo y, lo que era peor, sin haber cobrado. «O témpora, o mores, Itálica famosa, sic transit, gloria mundi» —se repitió, caótico, erudito, el heraldo chafado. Y así pasa el tiempo, ya olvidado el ayer y aquella escandalera en un hoy tan fugaz, mas luminoso en su fulgor de espuma.

Ahora hay un aleteo de palomas, blancos los trajes largos de las diez doncellas angelicales que ya han tomado, voluptuosas, sitio en sus tronos. Prestos a recogerlas para iniciar el baile, diez galanes corteses en la primera fila. Las madres, recreadas por un fulgor antiguo, a punto de llorar su excedente de rímel. El locutor de Radio Villanublo ha leído, marcando bien las sílabas traviesas, «la bibliobí»... «la biobí»... «la biobibliográ»... «grafiabió»... «labibliafría» del ilustre pregonero, que, por esta ocasión, sólo traerá contento, frases de antesdeayer, escapatorias, evanescencias y suavidades. Pero, de pronto, el glosador azul, que ya ha subido al escenario y se halla ante el micrófono que debe amplificar su voz canora, empieza a desinflarse y a buscarse la pulga que buscaba, indina, la «Chelito» y que el pobre Paquirri tampoco se encontraba por el traje de luces; pozos sin fondo se le hacen los bolsillos sin nada del *smoking*, y la gran ascua de luz se le convierte en llameante infierno. Tiembla. Suda. Llega a la conclusión tenebrosa de que el discurso, oh Dios, se le ha perdido. Y como España es así, ni por ésas somos capaces de darnos cuenta de que casi todos hemos perdido los papeles.

La última balada

I

Juan Escaleno era bajito como el miedo de las tortugas. Bajito y tímido, Juan Escaleno se preguntaba por qué no sería más alto. Como la frente de una palmera, por ejemplo. Y si bien es cierto que Juan Escaleno sabía que las palmeras no tienen frente, se lo preguntaba.

Como Juan Escaleno era tímido, creció, lo poco que pudo hacerlo, apartado de todos, como huraño a los ojos de los demás, que eran su padre, sus tres hermanas y su tía soltera, hermana de su madre muerta, sorda y bajita como Juan Escaleno, que no quería asistir a la escuela ni salir a la calle ni ir a misa los domingos porque los niños le cantaban:

> Juan Escaleno,
> retaco.
> Te llegan los pies al pelo,
> la cabeza a los zapatos.
> Juan Escaleno,
> retaco.

Así su infancia transcurrió a hurtadillas, escondida entre los cuatro muros de la habitación, rodeada de estampas de la Virgen y los Santos, calendarios con motivos bucólicos, las faldas de su tía sorda y bajita y

31

un aparato, dorado y largo que, luego, Juan Escaleno
supo se llamaba trompeta. Sólo de tarde en tarde,
cuando las procesiones y las cabalgatas alejaban los
ojos de los demás de su estatura, Juan Escaleno se
asomaba un poco al balcón y, entre la realidad y el
gozo raro, veía lo alta que era la vida desde aquel sitio
prohibido. Era un instante de luz, un minuto duradero
que alimentaba sus ilusiones hasta otro Corpus, hasta
otra Semana Santa o hasta otro carnaval, porque Juan
Escaleno, por las madrugadas, cuando el cansancio
había puesto en su tía sorda y bajita el sueño, se
adhería al cortejo alto y reluciente, y con su trompeta
larga y dorada crecía y crecía como un laureado capitán.

II

Juan Escaleno no tuvo más remedio que salir a la
calle porque murió su padre y porque el dinero que
sus hermanas ganaban en la fábrica de tabaco no le
daba a la tía sorda y bajita suficiente para mecer en
la cesta de la compra cuatro patatas, algunas zanahorias, un racimo de uvas con que endulzar el luto. Y
Juan Escaleno, que seguía siendo bajito como el miedo
de las tortugas, se tuvo que bajar de su cielo secreto,
quitarse la guerrera con los botones de oro, aplazar
su concierto para otras noches de libertad donde no
pesaran las cajas llenas de botellas, el saco de la
harina, las mofas de los otros mozos del almacén.

III

Juan Escaleno, entre recado y recado, transpor-
tando los sacos de harina y las cajas de vino, aguan-

tando los chistes desagradables de sus compañeros y comprobando que en el canasto de la compra de su tía sorda y bajita seguían columpiándose las cuatro patatas como ola en las rocas, llegó al convencimiento de que la vida, que lo hizo bajito para que fuera desgraciado, le tenía que guardar como compensación algo feliz que no fueran sus sueños marciales cuando la tía sorda y bajita acallaba el ronquido y estallaba la paz entre los cuatro muros compartidos.

Y un día, de su única referencia de gozo que era el desfile de la Cabalgata, el de Semana Santa o el del día de la Ascensión, le surgió luminosa, vibrante, larga y dorada la idea.

IV

Cuando Juan Escaleno volvía del almacén, rechazando el timbrazo de cada agujeta, tomaba la trompeta como quien toma un décimo de lotería, una quiniela sin solventar o como quien se agarra a su última esperanza. Seguro de que aquel artefacto sería la otra cara de su vida llagada, lo llevaba a sus labios, llenaba sus pulmones de más fe aun que de aire, y tras de su soplido, del que sólo la tía sorda y bajita era ajena en el barrio, de los balcones próximos, de las ventanas y de la calle, llegaban más duros que las piedras mil insultos golpeando a sus oídos tristes.

V

Como Juan Escaleno era voluntarioso y como, en algún caso, quien da lástima logra algo más provechoso que ser compadecido, lo que no había logrado experimentar en su cuerpo lo vio acaecer en su situación laboral. Un día el dueño del almacén le dijo: «Mira,

Juan, como ya eres casi un hombre y yo no soy falto de conocimiento, he decidido subirte el sueldo».

Pero Juan Escaleno se puso triste igual que por las noches sus dóciles oídos al escuchar la ristra de insultos. Se puso triste Juan Escaleno, porque tras el silencio que imponía la sarta de denuestos vecinales, en el breve entreacto de conformismo que surge entre la decepción y la vuelta al anhelo, había visto su vida para siempre dedicada a la harina y a las botellas, aunque con una diferencia fundamental en relación a su trabajo cotidiano: en vez de transportar los productos, los despachaba en la tienda, detrás del mostrador, si no galoneado como el capitán sonoro de las procesiones soñadas, sí con su babi limpio, blanco como la espuma del agua ante la playa.

Pero Juan Escaleno seguía siendo bajito como el miedo de las tortugas. Más bajito que el mostrador de la tienda del dueño del almacén.

VI

Pasó el tiempo y Juan Escaleno, que a pesar de las protestas y denuncias de sus vecinos no dejó de ensayar con su trompeta, se quedó sólo por una defunción y dos casamientos con su tía sorda y bajita que ya temblaba al compás de las cuatro patatas solitarias de su cesta de compra. Pasó el tiempo y, por razones obvias, Juan Escaleno no pudo ir al sitio que vamos casi todos a los veintiún años, en donde podría tocar, si no su trompeta, otra más dura sin que le pusieran de manifiesto su poca estatura y otros defectos no comprobados. Pasó el tiempo, que aun pasando desentendido no puede evitar el dejarnos su música, en este caso la de Juan Escaleno, y Juan Escaleno, que ya no ensayaba en su casa contra el

34

vocerío de la gente y la mirada absorta de su tía sorda y bajita, comenzó a oír palabras diferentes tras su inmenso soplido plural, a oír por primera vez palabras como nidos, palabras como aves, palabras que acompañan.

Empezó Juan Escaleno a no sentirse arrodillado.

VII

La voluntad inquebrantable ve el éxito y la gloria. Ve el triunfo y el halago la voluntad, aunque sea de quien es bajito como Juan Escaleno. Ve el éxito y la gloria con serenidad a veces, incluso con desdén y con indiferencia, como sabiéndolos extraños a sí, y, no obstante, inseparables de ella, consecuencia de ella, que, sin embargo, no puede detenerse a contemplarlos; que, sin embargo, no puede distraerse sin correr el riesgo de perder su esencia, pero que a veces, se pierde por ellos, se enreda en sus aristas invisibles, se malea en los senos de su caverna lisonjera, en su sutil maraña quebradiza y vuelven a su endémico reducto los días preferibles del solitario esfuerzo, del lejano almacén.

Desde hacía diez años, Juan Escaleno no había vuelto a llorar.

VIII

Cuando, destruido, volvió a su casa, no quiso creer que lo que le anunciara dos años antes un telegrama fuese cierto. Pero no tuvo más remedio que aceptarlo al tener la sensación de que su única e imposible audiencia de ayer ya nunca le oiría con la mirada absorta y reluciente, encallada en su figura sorda, sobre todo, y bajita. Y Juan Escaleno, al que ya no importaba su estatura, recordó su pasado rodeado de estampas de la Virgen y de los Santos, de las faldas liliput de su tía, como no queriendo salir de él.

IX

Desde el balcón de Juan Escaleno se divisaba el mar, azul y de improviso. Como un gigante tendido al sol y desprovisto de ahogos, se veía el mar desde su balcón, ya practicable. Y Juan Escaleno, que todo lo había perdido salvo su recuerdo y su trompeta, supo, de pronto, que su apacibilidad lo reclamaba poderosamente, que, irresistiblemente, el mar, perdida la presencia bajita de su tía, lo estaba reclamando como un público bueno que quisiera ofrecerle su oído eterno y preciso.

X

Ocurrió por el anochecer. Juan Escaleno, vestido con el *smoking* de los grandes conciertos, llegó a la playa solemnemente pálido. Miró un instante, vuelto de espaldas al mar, de frente a la tierra, que indiferente lo despedía. Ya en medio de las olas, como quien cumple un rito, algo quiso decir que no supo con palabras. Con su trompeta, luego, diáfano tradujo su deseo o razón hasta que le faltó el aire.

Desde el acantilado, rebotadas las notas, volvía hasta la playa su última balada y voluntad.

Los gemelos

Elena y Ramón forman una pareja encantadora que Dios, o un administrativo de la finca de Lagasca, 51, donde vivimos gracias a él porque es de mi pueblo, nos ha puesto de vecinos y de amigos. Ambos son psiquiatras y ejercen como tales de gran prestigio no sólo con los pacientes de pago, sino también con cuantas personas acuden a ellos sin más bagaje que la necesidad de que les expliquen qué ocurre por sus mentes descarriadas. No sé a ciencia cierta si a quienes tienen mucho les cobran lo que no reciben de los indigentes, pero el caso es que tanto Elena como Ramón han llegado a establecer un monto humano de consulta en el que millonarios y pobres esperan a que ellos terminen de encauzarle la cabeza a quien, en ese instante, les cuenta una vida borrascosa, de la que han de entresacar la causa de que no siga ordenadamente las reglas establecidas. Viven, sobre todo o estrictamente, para su profesión, que han convertido en un sacerdocio, en cuyo entorno se encuadra la joya de su corona, dos gemelos a los que pusieron los nombres de sus respectivos padres, es decir, Roberto y Alberto, con tanta consonancia en la terminación que han decidido llamarlos Berto I y Berto II para que no desaparezca el abreviado cariñoso que, según ambos, debe acariciar los oídos de los infantes a fin de que cuando sean mayores no echen de menos un tesoro que en la niñez se viste de arrumacos y ternuras. Dicen que hay que ser sumamente cálido con los niños, porque esa forma de amor determinará su posterior comportamiento social, y hasta tal punto de comprensión y mimo que hay que otorgarles libertad plena para que no entren en la vida adolescente y en la madura con los resabios de quienes han sido represados. Como si no fueran de ellos, o como si se cumpliera su convencimiento de que el elemento dual preside nuestros actos, Berto I y Berto II son dos diablos desmandados como suelen ser todos los tiernos serafines de esa edad, pero con la ventaja de que a los gemelos en cuestión les ha sido atribuido un solo ángel de la guarda, por lo que pueden burlarlo sin grandes problemas. No sólo al ángel, por supuesto, sino también a los padres, que así se sienten realizados en el experimento relativo a que quien se desfoga de pequeño, de mayor se aplaca en equilibrio.

Berto I y Berto II, quienes para entenderse se llaman entre sí Ero y Undo —apelativos que han sido asimilados a medias por sus padres—, tienen la coartada de ser tan iguales que sólo los distingue la gracia ignota de un lunar en la planta del pie, parecido de fotocopia limpia que les otorga la pillería sin quiebra de que cuando uno acomete un acto de venial felón, se lo atribuye al hermano sin que la madre o el padre sepan si miente. Más gráficamente: que Undo le ha tirado al blanco de un jarrón de Marruecos con una copa de cristal de Murano y la madre lo reprende con los ojos o llamándolo tiernamente al orden, esto es, *Undo, eso no se hace*, va y responde que él no es Undo, sino Ero, con lo que el responsable siempre es el otro, ya que Undo o Ero, inequívocamente, van a enviar a Elena por el camino equivocado. Suele suceder no sólo con los recuerdos en forma de cacharro que los padres han traído de sus viajes por Europa y

África, sino con cuanto más quieren, los libros, por ejemplo, a los que los chicos evacuan sin miramiento de los anaqueles bajos o a su alcance para que sus cuerpos ocupen los lugares que desalojan de encuadernados saberes. La cosa, de acuerdo con las tesis de Ramón, está justificada y tiene su origen en el celo infante, y lo explica diciendo que el hecho retrata la necesidad que los niños tienen de ocupar el espacio donde se encuentran los objetos que sus padres más aman. Dicha comprensión extrema o dicha tolerancia sin bordes con los chavales tiene fronteras con ciertos vecinos, y esto que digo ha venido a ponerlo de manifiesto un episodio sucedido ayer, cuando a las del alba Elena y Ramón se reponían de una tertulia celebrada la madrugada precedente con otros miembros de su grupo lacaniano.

Haciéndome eco de lo que Ramón me ha dicho a la hora del aperitivo, la cosa sucedió de la siguiente manera: los sueños de Freud se hacían aportación de posterior estudio durante el descanso de mis vecinos cuando, salpicando en sus profundidades, acudieron a sus mentes en reposo activo los nombres de Adler, Jung y de otros sobresalientes de la psiquiatría o el psicoanálisis, que en esas lides del sótano cerebral no sé distinguir, entreverados en las voces de Berto I y Berto II, o de Undo y Ero, que tanto monta. Pero en el repliegué activo de la conciencia atisbando lo que podía suceder en este mundo o en otro, algo se entrometía en la zarabanda onírica: la voz en grito de la vecina del bajo, que daba la impresión de protestar por una incontenida invasión de lo que entiende como su predio del patio.

En cierta ocasión, Ramón, mi vecino, me hizo leer unos fragmentos de lo que don Francisco de Quevedo pensaba sobre los sueños, de lo que dijo un señor llamado Hebbel, algo así como que el sueño es volver a zambullirse en el caos, de lo que opinaba el gran romántico Heine, quien debía de referirse al sueño despierto ya que para él es el más precioso de los inventos, y, en fin, de lo que el poeta francés Paul Valéry daba en considerar de una reputación mal ganada que el despertar no corrobora. Mis encantadores vecinos, Ramón y Elena, pudieron comprobarlo en la mañana sabatina: que con los ojos cerrados las cosas son más bellas, porque fue abrirlos al alimón y encontrarse con que los Bertos se habían cansado de que sus libros les disputaran el amor paternal, y como en una ráfaga de Santo Oficio sin yesca, pero con despeñadero, se aplicaban divertidos, alborozados y en liza de espantar los malos dengues del pensamiento profundo, en echar a las profundidades del patio las inmortales obras del psicoanálisis. Berto I decía a voz en grito sin riendas, *de papá*, y le daba vuelo a *El malestar en la cultura*. Berto II, con no menos gozo ni sevicia, calcaba a su hermano con una mínima diferencia: que le daba aire a un título cualquiera, propiedad de su madre, de la autoría de Erich Frömm, y así hasta dejar sin sentido a la mitad de la estantería psicótica.

Ramón se ha explayado en justificaciones a la hora del aperitivo, pero a quien no ha querido justificar, y pienso que con toda la razón del mundo, ha sido a la desaprensiva vecina del bajo que da al patio interior de la finca, porque si la señora protestó todo lo que tenía que protestar por el bombardeo de tomos y más tomos, luego fue a considerarlos, sin que Ramón parezca haber captado este matiz, como un maná de letras que le regalara el cielo para venderlo al peso, o sea, que no los quería devolver.

Ramón me ha comunicado que piensa asediarla y

no porque los libros resulten de necesario y obligado rescate, sino porque quiere sentarla en su diván para que pueda ser explicada su extraña conducta de persona poco leída que ahora se interesa por una lectura para la cual es condición *sine qua non* haberse entrenado antes en textos de transmisión menos especializada. «Es una psicótica en grado obsesivo», me ha confesado. Y puede que eso justifique lo que todo el barrio sabe, no ya sobre ella, sino sobre la totalidad de su familia mechera, calificación un poco expansiva que otorga a los hijos y a la psicótica misma la propensión del padre de familia a birlar los mecheros más rutilantes del barrio de Salamanca por el sistema de echarse una copa al coleto en los bares donde se solaza la alcurnia matritense y, de paso, al bolsillo un encendedor de oro, o cuantos descansan sobre la barra, como quien distraídamente ha creído algo de su entera propiedad.

Ninguno de los vecinos, aristócratas venidos a menos, generales jubilados, magistrados sin magisterio, gente de vitola, se explica cómo en nuestra comunidad, que debiera ser modélica, puede vivir alguien que no respeta los bienes ajenos, aunque tampoco cómo se les permite hacerlo a dos psiquiatras, y la verdad es que a lo mejor el hombre los respeta con la singularidad de que, en el fondo, se siente empleado de mudanzas, eso a lo que se refirió Papillón, o Jean Genet, ya no recuerdo, cuando aclaró que su incorregible cleptomanía no podía calificarse como pasión por el robo, sino como afán por cambiar las cosas de sitio.

Ero y Undo también las cambian, y no siempre dentro de la casa familiar. Como en la mañana del sábado los libros de sus padres o en una tarde de excursión a Toledo, de cuyo deleite inextinguible participamos mi mujer y yo. Sucedió que a un mozo de almacén que transportaba una caja llena de peros se le alteró el equilibrio y las frutas redondas se dieron a hacer turismo por una cuesta. La gente acudió a ayudarle en el rescate de la frutal desbandada, y a Ramón y Elena se les llenaron los ojos de felicidad, como si la obra efectuada en sus hijos fuera la obra bien hecha que pedía Eugenio D'Ors, al ver cómo los Bertos se lanzaban en pos de aquella dulzura rodante, solidarios, cívicos, ejemplares. Sólo fue comparable con su entusiasmo de unos segundos el envés de una moneda mostrado para el desencanto cuando Ero y Undo volvieron de su misión de urbanidad, pero con los bolsillos y ropas atestados de peros. Daba gloria verlos, rosados de tez, como dos gotas de agua afanadoras, con la sonrisa pilla de una edad en la que ciertos ángeles todavía no han sido expulsados del paraíso, pero que ya se sabe que han de comerse la manzana. O los peros. El pecado original, como dijo Ramón, del que no vamos a desprendernos nunca. Tampoco Berto I y Berto II de los peros, a los que nos invitaron entre nuestras risas de comprender que cuando los diablos están satisfechos son como ángeles. De ángeles inocentes y candoroso pusieron sus caras idénticas en ese primer momento de descontrol durante el cual, incluso personas tan templadas como Ramón y Elena, se olvidan de la teoría y se dejan cegar por las ilusiones de los sentidos, dicho sea como una crítica platoniana. Sólo que, en esos casos, la máscara no adopta la permanencia en impostura de toda una vida, como psicológicamente pretende explicarse, sino que hace el papel del hierro ardiendo en las piruetas de los acosados. Undo y Ero volvieron a las suyas. Y aquella misma tarde, en una terraza de Zocodover, donde el contenido de dos vasos de güisqui casi enteros no entró por los labios de Ramón y los míos, sino por la parte superior trasera de los vestidos de Elena y de mi mujer. Recordé a Rousseau y su teoría en línea a que si la travesura de un niño rompe los cristales de su cuarto no hay que regañarle, sino esperar a que el frío se adentre por los huecos de la ventana para que el chico sepa cómo todo lo que es destrucción llega a afectar al mismo que destruye. Pero sobre todo se hizo en mí la imagen de un niño intratable que rompió todos los cristales de la ventana de una familia que no tenía nada que ver con la suya ni con la temperatura de su físico poseso. Mi mujer sonrió, qué iba a hacer la pobre. Y Elena hizo el comentario de que a los Bertos les había funcionado el subconsciente siamés en súbito rapto caritativo. El termómetro debía de marcar los treinta y cinco grados, pero mi mujer, no sé si Elena, seguro que habría agradecido otra manera menos chocante de refrigeración que la del güisqui y el atavismo de los cubitos de hielo diluido resbalando como témpanos enmascarados por su espalda sobrecogida.

Aquel inolvidable día toledano, los Bertos estuvieron en forma, y más que nada en forma física, dados sus arrebatos irreprimibles de hacerse vuelos por las cuestas, eligiendo, eso sí, una cada uno en las arremetidas de escalada para que su padre y yo supiéramos de las agujetas que pueden producirse los ciclistas sin demasiado rodaje en las persecuciones alpinas a la busca y captura de los escapados. No fue menor la fiesta en el coche, al regreso, pero, vamos, son gajes del oficio y consecuencia de que nada más alborearles la vida se encontraron con unas primeras dificultades que quieren cobrarse a base de olvidarlas con una forma de comportamiento que preside la alegría. Por lo visto, o de acuerdo con lo que me ha explicado

Ramón, en el parto doble hubo una colisión o enganchamiento de las cabezas, accidente que tiene lugar cuando, como me ha dicho, un feto se encuentra en podálica y otro en cefálica. Transcrito en cristiano quiere decir que los gemelos monocigóticos han formado una torre humana en la estrechez de la matriz y que el primero en querer venir al mundo exterior lo hace de nalgas, mientras que, en posición invertida el otro, se han enganchado por las barbillas, como si ambos se estuvieran besando la nuez. Hubo que intervenir con el sufrimiento correspondiente para la madre y los chicos, que ahora deben olvidar su primer y pavoroso contacto con el aire. Ante semejante choque auroral, hay que evitar otros que les haga rememorar la primera experiencia dolorosa, y de ahí que, si Ero y Undo hacen lo que no deben, tampoco debe reñírseles porque tal actitud represiva puede, de seguro, avivar los rescoldos de la violencia.

Mi mujer y yo, que ya queremos como a hermanos a Ramón y Elena, seguimos todo este proceso como si fuera de nuestra sangre. Los Bertos nos dicen tito *Momo*, un apócope poco aliviador de Petronio, y tita *Panza*, derivado supuesto del nombre de mi mujer, Esperanza, que, para colmo, está en estado de supuesta buena tal. Elena dice que hasta ahí, que no es poco, llega la sabiduría infantil, hasta relacionar, sin yerro, una protuberancia humana de dromedario con la alegría de lo que anuncia. Y ya, expertos ellos como nadie, nos han anunciado que serán gemelos monocigóticos, como Ero y Undo. Traerán dos panes bajo los bracitos y otras muchas cosas menos tranquilizadoras, pero, por lo menos, no nos cogerán desentrenados gracias a estas personas encantadoras y heroicas que Dios, y el administrativo de mi pueblo, nos han puesto como vecinos. *Heroicas*, ésa es la palabra.

Pero me temo que no baste en esta vida con ser un héroe, sino héroe que, además, gane la batalla, lo que es poco menos que imposible con los gemelos. De esa manera se lo he dicho a Ramón, y me ha contestado, con cierto conformismo, que sí, que efectivamente, y que aunque sus hijos son un don del cielo, los actos heroicos sólo acaecen en las derrotas, en los desastres y en las tragedias.

Traiciones de la edad

Lo raro de lo imposible es que en ocasiones no hay más remedio que creerlo porque resulta una mera representación de la realidad. Por ejemplo, un compañero mío de trabajo, Judas, está casado con Piluca, una compañera de mi mujer. Si esta coincidencia se hubiera dado en un pueblo, o fuéramos del mismo pueblo o nos hubiéramos conocido en él, no vendría acompañada de la menor de las sorpresas, pero en una ciudad que bordea los cuatro millones de habitantes, como Madrid, no deja de ser, cuanto menos, chocante y, sobre todo, porque hasta hace dos años no había la más mínima vinculación entre Piluca y nosotros. Sin embargo, lo verdaderamente sorprendente es la personalidad de Judas, muy acorde con su nombre de difícil repetición onomástica en nuestro país católico, algo escorada a un sicotismo de grado irreversible, que diría un psicoanalista. Lo conozco, es un decir, va ya para nueve años, y aún no acabo de entenderlo en sus actuaciones, la mayoría de las veces pasaportadas hacia lo insólito por la extravagancia.

Quiero adelantarme a poner de manifiesto que Judas no responde en absoluto, como sugiere su nombre, al navajazo trapero de la traición, que es de una bondad casi enfermiza y, como compañero, un espécimen de lo que ya no se encuentra con tanta disposición para la ayuda sin cargo revertido, en lo que también se encuentra dentro de lo fabuloso inhabitual.

Por ahí, o por cualquier lado, nada que oponer, excepciones hechas en cuanto a lo de sus rarezas multiplicadas, como si su nombre le sirviera de catapulta en todo salvo en lo concerniente a las infidelidades. Sobre ellas estoy pensando, y como no hay regla sin excepción, de una infidelidad suya única y muy reciente que colma el vaso de su cristalería asombrosa por provenir de donde no podíamos esperarla.

Judas, a su decir, y al de su mujer y a una tozudez demostrada en las actuaciones suyas que he presenciado, siempre ha tenido como exclusiva referencia de amor a Piluca. Nadie le ha conocido desvíos diferentes a los que le dictaron su hipocondría, su amor por contemplar el vacío con el cuerpo más en él que en la balconada, lo que no deja de ser paradójico con lo de sentirse enfermo continuamente, o los relativos a una manía que lo saca a la calle para cambiarle el sentido a las pintadas que las empercochan. Verbigracia: vive cerca de un hospital por si le da de repente un patatús que lleva esperando, sin que comparezca, toda su vida, pero también vive deliberadamente en un noveno piso con terraza al exterior por cuya barandilla hace equilibrio en pijama. Queda, pues, todo en casa o en el barrio, con la novedad de que por las madrugadas coge su *spray* como una ametralladora de humor que quisiera compensarlo de sus cuitas de enfermo imaginario y de suicida frustrado y se va por las calles a corregirle la plana a los anónimos creadores de *graffitis*. Es posible que el ingenio se diferencie del genio en que el primero monta su sorpresa a través de algo dado. Pero no sé qué pensar cuando Judas me descubre la maravilla de sus últimas añadiduras. Hace unos días me llevó feliz hasta la calle Velázquez, en una de cuyas fachadas señoriales la jornada anterior figuraba una pintada reclamando la libertad del hijo de Ynestrillas. Se podía leer: «Ynestrillas, inocente». El día antes, como he dicho, de que Judas la cambiara de sentido en una pirueta magistral, porque luego ya no es que fuese inocente de un crimen el hijo de Ynestrillas, sino que era un pardillo a secas: «Ynestrillas, inocente, que eres un inocente». Aunque no me lo ha dicho, y acaso por ese afán suyo de hacernos habitar en el estupor, lo más probable es que aquella célebre pintada que hacía alusión a Carrillo y al cerdo sea de su autoría y cualquier día de estos me lo descubra. Como lo es la hilarante que mete en danza a dos famosos políticos socialistas en dos capítulos, uno de su cosecha personal. Fiel a su manía de sacarme de paseo durante la jornada de trabajo, no hace mucho tiempo también me llevó a un sitio donde pudiera comprobar el resultado de su manipulación imparable: donde antaño ponía «No a la Guerra», hogaño tuvo, por la mano inquieta de Judas, su corolario: «... y a la González».

Como amigo suyo que soy, y como persona a la que sinceramente quiero, le suelo advertir que cualquier día una de sus dedicaciones extras le va a acarrear consecuencias nefastas, pero Judas me contesta con una sonrisa suficiente, seguro de que su afición al funambulismo o a la corrección de planas callejeras no ofrecen el más mínimo peligro y que lo de la hipocondría no pasa de ser en su ánimo el látigo en el cuerpo del masoquista. Él sabe muy positivamente que aún le quedan dieciocho años de vida, y que nadie va a quitárselos porque, cosas de la superstición, sin mirar en la página aplicó su dedo por tres veces en la columna *Fallecidos en Madrid* de un conocido diario, y las tres veces fue a posarse sobre los nombres en retirada de tres personas que habían dejado este mundo exactamente a los sesenta y siete años de edad. Dicha ruleta rusa de papel en obituario seguro es su más eficaz defensa, sobre lo que perora en la justificación de que la ley de oro del azar consiste en que se le tenga confianza, única forma de que no pueda, ni quiera, defraudarnos. Es otra muestra patente del sentido inexorable de lealtad que ahora acaba de quebrarle con Piluca, merced a que de tanto frecuentar el azar éste termina cogiéndonos confianza y, ya se sabe, da asco donde hay compadreo. Porque, vaya por Dios, por el azar, por la suerte o sus designios inescrutables, a Judas se le ha cruzado en su camino de funambulista, enfermo sin causa y pintor de brocha gorda nocturno una muchachita de veintidós abriles, con cuya frescura Piluca no contaba ni a cuya fragancia puede responder en condiciones de igualdad desde que, hace once años, decidió instalarse definitivamente en los treinta y dos.

La sorpresa correspondiente a la mañana de antesdeayer vino a helárseme en la oreja cuando me comunicó muy serio que se separaba de Piluca para irse con la chica, como en un viaje de novios de los años sesenta, a Mallorca. Y los dos pasajes de barco que esgrimió su gozo de ojos chispeantes y manos nerviosas y agitadoras me certificaron que sus locuras habituales de poca monta se han reunido en progreso como todas las aguas calmas de un río y sus afluentes se hacen ligeras en la vecindad del fragor con el oleaje de la desembocadura.

Desde ese momento, Judas nos ha dado a mi mujer y a mí una existencia de perros. Piluca, apenas sin intermitencia, ha venido ocupando la línea telefónica con aullidos contrapeados de reflexiones en las que ha hecho patente una culpa suya justificadora de que su marido haya decidido poner pies en polvorosa y otra extremidad en sitio más joven que donde solía ponerla

54

anteriormente. Y tan sonoro ha sido el drama, que han trascendido las intimidades del auricular hasta los oídos televidentes de mi hijo Eduardo, cuatro añitos que han musitado desdeñosos un «jo, sois como niños».

Ahora, con la Telefónica dejando pender su espada de Damocles en nuestro aparato, estamos a la espera de la llamada de Piluca, que curiosamente se retrasa. Desde que Judas le confesó su relación con la joven, ha removido cielo y tierra sin apartarse del invento de Bell, pero, desde su última llamada, que efectuó ayer desde las nueve hasta las doce de la noche, debe de andar atenta a los últimos acontecimientos, según los cuales, y según ella, Judas dudaba si irse a Mallorca con la chica o darse a su afición de corregir lo escrito y poner el nombre de su mujer en el lugar donde los ordenadores de la Trasmediterránea habían colocado el de su amante. A decir de nuestra amiga, su sinceridad consigo misma, hecha altavoz hacia Judas, estaba a punto de obrar el milagro supuesto de que su marido, sin dar marcha atrás en su viaje mallorquín, la tuviera a ella como acompañante en vez de a la otra. Cuando logró localizarlo se hizo confesión de que en lo sucesivo iba a ser más comprensiva con sus debilidades y, sobre todo, con sus ataques al franquismo. El padre de Piluca es militar, y siempre ha bastado con que Judas pusiera de vuelta y media al dictador y su obra para que ella entendiese la diatriba como dirigida al autor de sus días. Le ha reconocido en este aspecto, y en cuantos pueden ser imaginados, la razón que Judas llevaba, la llevara o no. Y ha terminado jurándole que no le va a responder que está loco cuando le diga que la taquicardia está a punto de llevárselo a la tumba o salga por ahí con el *spray* dispuesto a eternizar el genio del pueblo en los anónimos que ensucian más que iluminan.

Independientemente de que todo esto me preocupe por sí, me está acarreando unas complicaciones
añadidas que empiezan a afectar a mi matrimonio.
Asun se ha puesto tan nerviosa con el arranque de
Judas que debe de creer que yo puedo tomar la misma
decisión. Desde que tuvo noticia de lo de nuestro
amigo y la chica no ha parado de repetirme que al
bordear los cincuenta años, y en esa frontera poco
caritativa me encuentro, el hombre, todos los hombres, se tornan inseguros hasta la necesidad de afirmarse en las atenciones de una Lolita cuajada. Se ha
vuelto extremadamente agresiva, y si abro la boca
para decir *blanco*, ella inmediatamente grita que *negro*, lo que quiere decir que si mis manifestaciones
sobre el caso Piluca-Judas intentan revestirse de argumentos relativos a la incomunicación que sufren las
parejas, Asun arguye que lo que sucede es que Piluca
es tonta, que le ha permitido demasiado y que, lo que
es a ella, eso no le va a pasar. Hace unos segundos lo
ha repetido por enésima vez a voz en grito y, por lo
pronto, después de veinte años de matrimonio, me he
despertado una mañana de domingo sin que me en-
cuentre en la mesita de noche el café calentito con la
magdalena. Al despertar esta mañana intenté sin
suerte ser cariñoso. Maldito sea el intento porque, por
primera vez en mi vida, no he logrado la erección que
perseguía para demostrarle que en mi existencia no
hay mujer que pueda competir en atractivos múltiples
con los suyos. El gatillazo la ha reafirmado en una
sospecha sin causa y ha sido peor el remedio que la
enfermedad, porque a estas alturas del domingo,
cuando yo debía de andar jaleando a Futre en el
Manzanares, me tiene como a un san Sebastián al que
le hubieran clavado todas las flechas justamente en el
estómago. «Quien quiera comer, que se haga la co-

mida», me ha dicho furiosa. No podía imaginarme que las rarezas de Judas fueran a incidir en el desarrollo sin muchos sobresaltos de mi falaz vida de oficinista. Ni siquiera me atrevo a poner la radio por ver cómo va el partido. Futre ya habrá llevado el balón a la red en una de sus galopadas gloriosas y yo estoy permutando el cielo de los domingos por la tarde con el purgatorio de unos celos sin base y en la sola esperanza de que me saque del mismo la llamada de Piluca confirmando que ya tienen las maletas preparadas para irse mañana a Mallorca. Lo peor de la espera es que se le pasa a uno por la cabeza precisamente eso, lo peor, y lo peor vendría a resultar que Piluca llamara llena de alegría diciendo que todo está arreglado y, en efecto, lo estuviera, pero sólo por el momento en vista de que esa solución de Judas no fuera más que el primer paso para el definitivo: de repente he imaginado a Piluca entre las olas del mar, debatiéndose aterrorizada entre ellas, con los ojos estupefactos de quien ha sido objeto de traición y no se lo explica. Y con la casi simultaneidad del relámpago y el trueno, ha surgido la noticia en el diario: «Maestra nacional cae del barco y muere ahogada». Como si ya fuera martes, he leído mil veces la crónica del suceso en el periódico de mi cabeza en dechado de necrológica: «Piluca Romero Crespo, de cuarenta y tres años de edad, murió ahogada al caer del barco de la Trasmediterránea en que se dirigía a Palma de Mallorca. Aunque se desconocen los pormenores del suceso, un testigo presencial asegura haber visto momentos antes al que es marido de la occisa encima de la borda, paseando por ella como cuando en el circo los funambulistas hacen el *más difícil todavía*». Y lo que es más curioso y terrible, que, tal vez influido por la tendencia de Judas a darle un sesgo a lo escrito, el

57

titular del diario inmediatamente se ha añadido en subtítulo una coletilla sobrecogedora no confirmada en el texto de la noticia: «Arrojada por su marido».

No sé si comentárselo a Asun porque o me va a decir que nunca irá conmigo a Mallorca, ni a sitio alguno hacia el que medie el mar, o que lo hago para confundirla, para echar los balones fuera que en estos instantes estará echando Juanito hacia la grada. Ciertamente, entre la actitud de Asun y mi imaginación, se ha conseguido que me ponga, como ella, nervioso, y, lo que es más denotativo de esos nervios, en la idea un poco descabellada de ir a la policía para que Judas y Piluca no puedan hacerlo camino de Mallorca. Si ese loco la tira por la borda, nunca voy a poder tranquilizar mi conciencia, pero si lo denuncio y no lo hace, lo más probable es que crean que el único loco soy yo. Como las soluciones a las cosas vienen cuando las cosas han tomado un derrotero sin retorno, no dejo de lamentarme con respecto a todo lo sucedido, pero, más que nada, del hecho de no haberle prestado más atención a las supersticiones de Judas. De haberle preguntado si, con respecto a Piluca, había hecho la prueba del dedo girando sobre el obituario de *El País*, ahora podría manejarme con datos más orientadores. Contra un enojoso sentido del ridículo, he estado a punto de hacerlo por él, pero, luego de buscar el periódico de hoy por todos los rincones de la casa, he caído en la cuenta de que esa misión de fin de semana, consistente en ir a comprarlo al quiosco, le está reservada a Asun, también en huelga a ese respective. No sé lo que hacer. Estoy confundido y creyéndome tan poco equilibrado como quienes me han sumergido en este desasosiego. Pienso en lo que me pasa y la razón da saltos como si la cordura hubiera huido de ella, pues, en vez de buscarle salidas lógicas al caso, mi mente arbitra ideas dispersantes, como la que me asalta y dice que es una triste pena la evidencia de que los dementes puedan fabricar locos con mucha más facilidad que los sabios personas sensatas. Nada de lo que le pasa a Asun tiene sentido a no ser que el sentido sea contagiarme de su histeria. Nunca la he traicionado ni nunca pensé en hacerlo, pero debe de creer que Judas sintió lo mismo hasta que se encontró con la chica que le ha devuelto la juventud aunque no le haya restituido el pelo o las muelas y el diente que le faltan. ¿Y qué puedo hacer si Asun parece estar convencida de que tarde o temprano me va a ocurrir lo mismo que a Judas? Lo suyo es una clara huida hacia adelante, tengo que comprenderlo. Ya pasará. Pero me estoy temiendo que empiece a correr en dirección a mí cuando, como Piluca hacia Judas, yo también decida que me voy a Mallorca con mi secretaria. Después de siete años de estar con ella todos los días, ahora Asun me descubre que existe con su boca anhelante y su minifalda agasajadora, que está en sazón y que no me mira precisamente como a un padre. Sé que soy un poco conservador y que, pronto, echaría de menos a Eduardo, esta casa cómoda y calentita, el café con magdalena las mañanas del sábado y del domingo, el periódico que hoy no me ha traído Asun. Pero, también, que la postura de mi mujer no sería muy distinta a la de Piluca decidida a sustituir, sin otras condiciones, a la amante de Judas en el viaje a Mallorca. Estoy convencido de que eso sería todo, por más que ahora se las dé de fuerte contra mi aparente pasividad, en cuyo fondo perverso se ha abierto la duda que antesdeayer por la mañana no existía. ¿Sería yo capaz de liarme con mi secretaria, irme con ella a Mallorca o a última hora cambiar su nombre por el de Asun? ¿Sería capaz de tirar al agua a mi mujer, que ya se está poniendo, dicho sea de paso, bastante pesada?

No me explico cómo se me ha podido pasar por la cabeza una monstruosidad de tal calibre, pero tampoco cómo no salgo corriendo hacia el teléfono cuando suena casi con la certidumbre en mí de que al otro lado del hilo está Piluca feliz como un recién condecorado, dispuesta a comunicarle a Asun que todo se ha solucionado por fortuna y que se van a Mallorca. A punto de acabarse el vendaval, me gustaría que le dijera que han llegado a la hermosa decisión de viajar en paz y amor a las islas. Los tres. Sería la mejor solución porque, a pesar de su violencia conmigo, si Asun es una mujer de prontos, también lo es inteligente, e iría aprendiendo en cabeza ajena lo que a la postre importa: que el amor se acaba cuando no hay algo que lo contraríe. Y acaso sea lo que ha tramado desde su subconsciencia al obligarme a recordar que existe mi secretaria, a la que mañana, por más que pueda complicarme la vida, voy a mirar de otra manera. ¡Santo Dios, cómo les gusta a las mujeres complicar el mundo...!

Viuda rica

Entre los pocos clientes de don Jonás se encontraba una viuda rica a la que las lenguas pródigas le atribuían una cierta tendencia a olvidar el respeto a su desaparecido marido. Tendría unos cuarenta años, y a no dudarlo, buen ver, magnífica delantera de selección nacional brasileña y una cobertura que ni la del ejército soviético. Don Jonás que, a pesar de lo feo que era, tenía plena seguridad en los encantos de su labia demoledora, pensaría que aquella barbechera en tierra tan fértil había tocado a fin y que, con un poco de habilidad, amén de la asesoría sobre su hacienda, la viuda iba a encargarle también el cuido de su otro tesoro, porque, localizado el objetivo, pasó a rodearla con técnica tenoria de versos cutres y, conociéndolo, más ridícula que indiana en palacio.

La viuda, que procedía de familia pobre y señalada por su afición perseguida de cambiar las cosas de sitio, tenía, por lo mismo, una prudente manía de encierro, dos hijos pequeños y otro de unos quince años que estudiaba en el colegio disciplinario de Montano. Poca vigilancia, como se ve, en su codiciado coto de caza y, lo que es más importante, una necesidad de escopeta certera que equilibrara su desbandada naturaleza. Las malas lenguas decían que el encargado de aliviarle su mal cuarentón y de aislamiento era el Boquita, su chófer achaparrado, basto como un cantero. Y, en ese convencimiento de buen arrimo pardo, nadie podía sospechar de don Jonás, de que don Jonás anduviera poniendo perchas por aquel monte solitario, pero, como monte, peligroso y arisco, según se dedujo de un resultado imprevisto: una tarde apareció por su casa sangrando por la nariz, con un diente menos y el ojo derecho tan negro como su suerte.

—Flora, flor mía, la Tigresa... Me ha traicionado.

El Ciri y yo nos miramos convencidos de que había sido un afortunado accidente de circulación que aquella tarde nos iba a salvar de dar la clase, convencidos, más que por eso de que un tropiezo lo tiene cualquiera, porque era de esperar en vista de cómo conducía la Vespa que, en sus manos, parecía un ventilador más que moto hacia adelante.

—Flora, flor mía, me ha traicionado.

Doña Flora, tras unos instantes de compungimiento, recordó que era enfermera titulada y que tenía que aplicar esparadrapos, cataplasmas y ungüentos en la cara de *sparring* de su mortificado Cantinflas.

—Venga, Antonio, Cirilo, traed agua oxigenada, vendas, mercromina...

Al Ciri se le ocurrió preguntar por la moto, que dónde estaba, que qué le había pasado, y añadió: «No vamos a dejarla tirada».

Don Jonás no había caído en la moto más que para acusarla de su quebranto, la moto que, si él estaba en aquel estado, forzosamente debía de encontrarse en camino hacia el chatarrero.

—La Tigresa es traidora, pero inmortal.

A don Jonás, en medio del dolor y el desconcierto que le había originado la pregunta del Ciri, le había salido el Castelar, la trascendencia de su mundo verbal exagerado, su retórica de flor de plástico.

—Venga, dejaros de moto. Ay, Jonás, un diente,

has perdido un diente y pasado mañana tienes el juicio en la Audiencia Provincial.

Por lo que les habíamos oído a don Jonás y a doña Flora, aquel juicio en la Audiencia Provincial venía a ser para el abogado como la confirmación en la Plaza de las Ventas para un torero, un sueño acariciado vehementemente, una oportunidad espléndida de lucimiento, ya que, a decir de don Jonás, el caso, difícil donde los hubiera, lo había tratado con guante de seda y mano de hierro hasta convertirlo en mero trámite que, tras su análisis pormenorizado y tras su oratoria de terciopelo fino, iba a quedar tan favorable para él como la misma doña Flora.

—Es verdad, el diente.

—Con una tiza, eso se arregla con una tiza.

El Ciri había aportado otra de sus ideas disparatadas y doña Flora le contestó que no incordiara, que no estaba la cosa para bromas y que había que buscarse, con urgencia, un dentista en Jerez.

—Difícil lo encuentro, Florita, porque es sábado.

—Con un diente de ajo.

—Tú, a callar, Cirilus, que mi ubérrima inteligencia dará con el *quid* remediador.

A don Jonás se le había empezado a ir el aire por el diente y silbaba como una bicha en un lentisco. Había dicho aquello sonando a lengua esmerada de emigrante que al regresar de descubrir mundos todo se le vuelve finura con que sorprender a la bella familia del ceceo serrano. Había hablado como intentando taparse el vacío con la punta de la lengua y el aire le salió por los laterales disparado y torpe como los clientes de una discoteca incendiada.

—El problema, oh, Zeus, no está en la estética, sino en la inseguridad tonal. Pero Demóstenes vendrá en mi ayuda como un Sigfrido del verbo y destruiré al dragón de las circunstancias adversas.

Doña Flora, ante las circunstancias adversas, propuso que, en vez de un dentista, había que buscar un médico y no para que la supliera en la cura sino para que firmara un certificado de enfermedad con el que conseguir el aplazamiento del juicio del siglo.

—Don Antonio, Jonás. Don Antonio te lo firma sin el menor problema.

Siempre había dicho que en los momentos difíciles es cuando se pone de manifiesto el temple del hombre, que, en las adversidades, hay que tener la calma del Gran Capitán, la entereza de San Ignacio de Loyola, la paciencia del Santo Job, la grandeza de ánimo de don Casto Méndez Núñez, la frialdad de Cortés al quemar las naves.

—Quemaré las naves y aunque yo, como el pío don Felipe II, no he mandado mis barcos a luchar contra las tempestades, venceré.

La actitud histriónica, constante de don Jonás, se estaba acrecentando aquella tarde mutilada con el solo objetivo de ganar tiempo y dominar la situación. Mientras dejaba por el aire aquel chisporroteo de frases hechas, estaba pensando cómo reaccionar en caso de que las cosas pasaran de castaño a oscuro o de paliza a denuncia. Se buscaba, en suma, una coartada por si la viuda rica o el Boquita no se hubieran contentado con aquel escarmiento que le dejaba el ojo atrufado, la nariz beoda, la boca como iglú de puerta abierta. Pero comenzaba a darse cuenta de que sus incondicionales supuestos y aprovechables, o sea, el Ciri y yo, poco podíamos servirle como testigos falsos, por mor de la mala suerte que suponía el hecho de encontrarnos junto a doña Flora en el momento de su aparición estragada en la casa. De no ser así él se hubiera buscado la forma para hacernos ver al Ciri y a mí carretera donde sólo había puño del Boquita. «Mira, Antonius, hay cosas que suceden sin que nos percatemos, pero debemos creer en ellas. ¿Tú nunca has visto el Japón, verdad? Pero sabes que existe», me hubiera dicho, tan hipócrita, para convencerme de que debía testificar a su favor, en favor de la versión de que aquel destrozo se lo había causado la deslealtad de la Tigresa en vez de los directos del Boquita. De haber sido un buen abogado pronto se hubiera dado cuenta de que la viuda rica no era amiga de darle marcha al escándalo y de que al Boquita, hecha excepción de sus publicitables lauros de noqueador de esperpento, tampoco le interesaba quedar como el chulo encubierto que, para despistar, conduce el coche de quien le paga por otros trabajos.

No había podido destruir al chófer de la viuda rica e iba a poder destruir al dragón...

Que el causante de la damnificación en don Jonás había sido el que tenía que ser y no la Vespa lo supimos nada más salir a la calle. En la puerta de un bar vecino a la casa de don Jonás se engrandecía el Boquita, formando la estampa típica del matón del Oeste. Por su cara de corteza de olivo un gesto de altanería chunga y aireada crueldad adrede le paseaba toda la canallesca gloria de Charles Bronson. Su mano derecha, convaleciente, se agazapaba bajo la muesca victoriosa de una venda, ya manchada de grasa.

Ni Dios lo permita

Daniel era mi primo segundo. Hijo de un primo primero de mi madre que vivía en un rancho cercano al pueblo, podía disponer de un potro en el que nos montábamos los dos para ir al río, a los montes fronteros o a la campiña a verles las corvas a las escaldadoras. Primo Daniel tenía una larga cicatriz en la frente de una coz que le había dado un burro de su rancho y, por dicha señal aparatosa, le decían *El Jerío*, mote que lo hacía montar en cólera si llegaba a sus oídos predispuestos, pues ciertamente era aguerrido como un tabarro. A él que no le anduvieran con chiquitas, ya que, perfecto epígono del bíblico David, ponía la piedra de la honda donde ponía el ojo enfurecido, y pobre de aquel que se atreviera a nombrarle su apodo sangriento, porque, en un santiamén, lo hacía de su cofradía damnificada. Primo Daniel era fuerte y campesino, fibroso y un tanto simple, pero con un instinto de defensa que lo hacía pulular por los campos con madera de zorro y olfato de sabueso. Acostumbrado a domar yeguas, degollar cochinos y trabar burros, era mi héroe chiquitín y cuadrado, un poco raro de la cabeza, pues, aunque acantonadamente silencioso, por sus ojos levantiscos siempre parecía que estaba incitando a algo diferente y peligroso, atractivo en suma.

Junto con él cometí los primeros pecados, las primeras violencias, y junto con él concebí los primeros deseos lujuriosos y adquirí los primeros vicios, como el de fumar, dedicación furtiva que nos costó el primer disgusto verdaderamente serio de la infancia, puesto que un día nos vimos rodeados de mucha gente a la que presidía don Antonio, el médico, en medio de una nube ahogada en la que las figuras cambiaban de rostro o se exhibían dobles, deformadas e imprecisas; en una nube por la que instantáneamente se presentaba la causa, el desarrollo y los efectos mareantes de nuestra postración, lucidez súbita que, sin embargo, no quería colaborar a la hora del interrogatorio a que don Antonio nos sometía.

—A ver, coño, ¿qué habéis fumado?

El rancho de Daniel tenía el caserío justo en la linde de un repechón de la carretera por el que los camiones subían jubilados, como a tientas, llenos de asma, y algunos de ellos con cargamento de hojas de tabaco en agraz.

—¿Habéis fumado grifa?

Don Antonio estaba intentando encontrar la causa de aquella intoxicación y, como no podía imaginarse que la hubiera producido el tabaco, quería echarle la culpa a la droga.

—Grifa, grifa. Joder, lo que fuman los legionarios.

Lógicamente aquello de la grifa no nos sonaba. Lo de los camiones era tabaco, o un proyecto de tabaco, hojas grandes prensadas y dispuestas en pacas verdeoscuro como un lagarto de monte. Don Antonio era un poco tosco y mal hablado, coño, joder, la hostia, carajo y tal.

—La leche que mamasteis, qué mona habéis cogido...

—¿Qué mona, don Antonio?

Mi primo Daniel había abierto los labios, a la manera de los ojos turbios, a medias. ¿Qué mona habíamos cogido, si lo que habíamos cogido era una paca de tabaco verde, aprovechando la marcha renqueante de un camión?

—La leche que mamasteis, la mona.

Primo Daniel debió de verse acosado, o harto de todo aquello que no entendía, y dijo:

—Cogimos la mona, así, por el jopo, y la echamos abajo.

Don Antonio, de pronto, pidió silencio cuando lo que tenía que pedir era otra cosa: que se dispersaran los curiosos para que entrase el aire, y, con aspavientos solemnes, como si hubiera sido iluminado, exclamó:

—Estos siesos están delirando.

El delirio fue al principio, cuando, tras arrastrar la paca hasta un cobertizo del rancho, colocamos las hojas en papeles de estraza y comenzamos a chupar como solitarias. Daniel decía que él era Caballo Rojo, y yo Toro de Fuego, acaso más bien de humo, creo que pensé entonces, en medio de la expectación, con la diarrea ya rebozando los pantalones y el fuego en el vientre justificando mi premonitorio nombre comanche.

—La agarramos del jopo, así, y la metimos en papeles y le prendimos fuego, y salió volando.

—¿La mona salió volando? —interrogó don Antonio.

—La mona —se ratificó primo Daniel.

—Está delirando, lo digo yo que sé de esto. Verán los palos que le va a dar su padre cuando se entere de la que ha formado. Su padre, que es más bruto que una tortilla de bellotas.

—Que no se entere mi padre —acertó a decir Daniel en defensa propia.

73

—¿Y cómo no se va a enterar si te has cagado hasta el pescuezo, so mamón?

Aquello del pescuezo se había convertido en un latiguillo del médico y me hizo reír, porque recordé una anécdota que se contaba por el pueblo para poner de manifiesto su déficit de delicadeza. A don Antonio, que era un caso antípoda de la finura, le había ido a la consulta una paciente de dieciséis años, soltera y sin novio, en edad y situación de perder, que sentía vómitos y mareos constantes. La madre, que la acompañaba, se lo detalló a don Antonio, atreviéndose a diagnosticar:

—Don Antonio, yo se lo he dicho ya: «lo que tienes es un empacho, niña».

Don Antonio le contestó que sí, que un empacho, pero de otra cosa. Y añadió más suavemente:

—A tu hija lo que le pasa es que está embarazada.

La señora, con la conducta de su familia puesta en entredicho, le contestó que cómo podía decir aquello, que su hija era más pura y más virgen que la de las Nieves, la Patrona. Y don Antonio que *si quieres que te lo diga en cristiano, ahí va: a tu hija lo que le pasa es que está preñada hasta el pescuezo.*

Primo Daniel estaba cagado hasta el pescuezo y yo llevaba la mierda por la cintura.

—Y tú, ¿de qué te ríes? —me acosó don Antonio.

—De nada, don Antonio —le contesté.

—A ver, traedme un cubo de agua —se dirigió a los espectadores, que ya suponían la mitad de los ciudadanos del pueblo.

Pensé que lo había pedido para lavarnos, para despejar un poco aquel ambiente que ya olía a mulo muerto, pero nos lo echó encima para despejarnos a nosotros, no al ambiente de muladar.

—Conque hachís, ¿no? Ya me diréis quién os lo ha

dado o quién os lo ha vendido, o quién sus muertos *tos*...

Con la perra del médico, empeñado en que lo que habíamos fumado era grifa o hachís, la voz se corrió y, al poco tiempo, en vez de interrogarnos don Antonio, nos interrogaba el sargento Cuenca.

—¿Quién ha sido? Juanito el Legionario, ¿verdad? Sí, si está de permiso... ¿Qué me vais a decir a mí vosotros, par de mamarrachos?

—Sí, Juanito el Legionario —contesté yo atribulado, atosigado, cansado, borracho de hojas de tabaco y preguntas.

Juanito el Legionario salió aquella misma tarde para Villa Cisneros conducido por una pareja de la Guardia Civil hasta el puerto de Cádiz y con la promesa en la lengua de que cuando volviera nos iba a confundir con dos cabileños.

Se lo dije a primo Daniel y, seco, con los ojos color tabaco verde encendido, me aclaró: *lo rajo yo antes*. Pero, aunque lo creí, en una reflexión posterior pensé que, desgraciadamente, habíamos perdido el mejor arma que por unos momentos poseíamos y que el agua de la alberca del rancho se había encargado de hacer desaparecer. Se lo dije riéndome, con la procesión por dentro, y me espetó, también riéndose:

—Tú, cuando lo veas de nuevo, seguro que te vuelves a cagar, así que no te preocupes tanto.

Pensé que sin la de primo Daniel era poca munición la mía, y tal certidumbre cuajó su veredicto porque por las noches me despertaba gritando de un sueño sahariano, con el Legionario detrás persiguiendo mi chilaba de humo y grifa sin que fuera defensa la peste, sino vergüenza, azoramiento, pudor, mancha ordinaria de sábanas blancas.

Cuando, alarmados, mis padres me llevaron a don Antonio, dijo:

—Secuelas de la grifa, secuelas de la grifa. Que se coma dos kilos de algarrobas al día y veréis como ya no se caga más este mamón.

Nunca un camión de tabaco volvió a llegar incompleto a su destino por lo que a mí concernía. Y, desde entonces, a mis cuarenta años bien cumplidos, si alguien me pregunta si fumo, contesto con Lola Flores cuando le preguntaron si sabía inglés:

—Ni Dios lo permita.

La Manca

Juraría que los gritos habían llegado al cielo, o al menos a la calle, al guardia municipal de vigilancia en la plaza, que, sin moverse, miraba de reojo hacia los balcones de casa como con un poco de miedo, sin querer molestar o con cierto sentido de la prudencia, no fuera a meterse en algún lío si cumplía con su obligación. Los gritos de Juana la Manca habrían avisado al Diablo, su inductor, su inspirador, como diría mi abuela, que la instaba con mi tía Nana y mi madre, a confesarse culpable, meretriz sin soldada la pobre Manca, una muchacha de servicio en nuestra casa a la que había seducido mi tío Julián, de apodo *Regalito*, y se la había llevado al catre tras prometerle una combinación de seda, como luego argumentó la Manca, que no lo era físicamente, sino en su apodo heredado de la familia de su madre. *Confiesa*, le decía mi abuela, influida por las películas, y *confiesa*, émula genética y cultural, mi tía Nana, enfurecida, roja y demoníaca por los cuernos que le había colocado *Regalito*.

—Yo no he sido, no he sido.

—Trae las tijeras, Nana.

—¿Cuál de ellas, mamá?

—La de esquilar a los burros.

Aquella mañana no había ningún hombre en la casa. Cada oveja andaba con su pareja de afanes y se habían conchabado las tres mujeres notables de la familia para aclarar la sospecha de que *Regalito* y la Manca *corrían* juntos.

—Yo no he *corrido* con don Julián.

—Don Julián... don mierda.

—Tú, a mi marido no lo insultes.

Tía Nana le había dicho a mi madre que no insultara a su marido, que su marido era de ella, vamos, y que sólo ella tenía derecho a insultarlo, por más que a la hora de poner en entredicho la honorabilidad familiar pusiera en solfa al conjunto y no únicamente a su mujer.

—Pero si te ha dejado con el culo al aire... Aunque, qué más quisieras tú...

—A mí no me dices tú eso...

—Alguien tendrá que decírtelo, ¿no?

Tía Nana había comenzado a blandir las tijeras y en sus ojos café, de mal café, ya no se adivinaba el objetivo, si la Manca o mi madre, que había osado calificar a su Julián.

—Si lo tuvieras satisfecho no te la hubiera pegado con esta guarra.

—Pues ten tú cuidado con tu marido, todo el día en el coche.

—Faustino es un santo.

—Sí, sí, fíate de las mosquitas muertas.

—Mala lengua, ¿serás capaz de...?

La Manca estaba viendo una rendija de luz, un chorrito de esperanza, el milagro de que, en su querella, se olvidaran de que la tenían allí acosada, en juicio.

—Bueno, callaros ya y vamos al grano.

Mi abuela había hecho observar a sus hijas que estaban allí para otra cosa, para interrogar a la Manca y no para tirarse los platos a la cabeza.

—Claro que sí. Pero mire usted esta resentida que

quiere comparar la honradez de mi Faustino con la del sinvergüenza de su marido.

A mi abuela se le hablaba de usted, siempre de usted. E incluso antes de que se casaran, mi abuelo tuvo que hablarle de usted, que ella me lo dijo un día en que también me dijo que *la gente de ahora no tiene vergüenza* y que *tu abuelo, antes de casarse, ni un beso; luego, todo, pero antes, ni un beso.*

—La muy guarra.

—¿Quién?

—Quién va a ser, mujer, la Manca.

Mi abuela iba a lo suyo, no quería interferencias.

—Trae las tijeras, Nana.

—Cuidado no vaya usted a cargársela.

—Sí, qué escándalo.

Mi abuela dijo que perdieran cuidado, que sólo la iba a marcar como a una res.

—No, señora, yo no he sido. Yo no he hecho nada...

—Jamás una Manca ha llegado tan alto ni un Benítez, aunque sea de refilón, tan bajo.

Aquella frase de mi abuela, involuntariamente dio en el blanco, porque la Manca en vez de entender que *Regalito* era de la familia Benítez por la Iglesia más que por otra cosa, pensó que mi abuela, mi madre y mi tía no solamente conocían su historia con *Regalito*, sino que la conocían con detalles.

—Sí, sí, de refilón.

—¿Cómo de refilón?

—Eso, lo que usted ha dicho.

—Con cachondeo también, ¿no?

—Que no, que fue así.

Mi abuela había abierto las tijeras de esquilar y se la acercó a la cara, y yo, en aquel instante tragico-cómico, pensé que, de no estar al tanto, me hubiera parecido que querían hacerle un favor, caritativas

81

ellas, afeitándola, pues más pelo debía de juntar por allí que por donde la merodeó *Regalito*.

—Canta, canta.

—No lo haga usted, no lo haga usted, que voy a cantar más que Marchena.

—A ver.

—Sí, de refilón. Me dijo que sólo me iba a rozar, que sólo iba a rozármela, vamos.

—Con mimitos también, ea.

Tía Nana miró con furia a mi madre por lo que había dicho y mi abuela que le vio los ojos de coñac puso paz antes de que se enzarzaran.

—Más, vamos, más.

—Me dijo que me iba a regalar una combinación de seda, y que no se iba a enterar nadie.

—Y, ¿después?

—Después, eso, me la rozó.

—Después de rozártela, coño.

—Después me dijo que me iba a regalar unos zapatos.

—No sólo te puso los cuernos, Nana, sino que quería arruinarte.

—Y a ti, ¿quién te da vela en este entierro?

La Manca, entre los nervios y el miedo, sólo llegó a oír lo del entierro.

—No, no. Por la Virgen Santísima. Me dijo eso.

—Y, ¿llegó a regalártelos?

—Sí.

—Será cabrón, cabrón, más que cabrón, que yo lo sé.

—Ves, Nana, luego te quejas si yo lo pongo en el retrete.

—O sea, que aparte de adúltera, ladrona.

—Eso sí que no, doña María. Ladrona, no. Y lo otro...

—Lo otro, también. Lo otro es acostarse con un hombre casado.

Mi abuela se había sentido confundidamente didáctica por un momento. Le aclaró el palabro y le añadió que tan ladrón es quien roba un pan como quien roba un hombre, aunque sólo sea a ratos. Pero como la pobre Manca se encontraba aturdida por el asedio no entendió nada y terminó confesando cosas que no estaban en el sumario.

—¿Cuántas veces?

—Una vez un pollito, otra vez, un litro de aceite, otra cuatro o cinco zanahorias...

—Ah, bandida. De eso ya hablaremos luego. Ahora, al grano.

—Grano, también, doña María.

—Mira tú. Buscando, buscando, se encuentra una a menudo...

—¿Menudo? ¿Los callos, no? Una ollita, doña María.

—Bueno, cállate ya. ¿Cuántas veces te acostaste con don Julián?

—Unas veinte o treinta, doña María.

—Más que contigo, Nana.

Tía Nana se abalanzó como una fiera contra mi madre y, una vez más, mi abuela tuvo que separarlas, esta vez como pudo, tijeras en ristre, lo que aprovechó la Manca para intentar la retirada, lucidez que no obtuvo resultado porque mi abuela, sabueso de siete cabezas, y en consecuencia de catorce ojos, dio la voz de alarma para que sus hijas cambiaran de presa.

—A pelarla, vamos a pelarla al cero.

La idea había sido de tía Nana, la ofendida, y creyeron justa su propuesta barbera. Había que pelarla al cero para lavar la mancha, el atrevimiento, la vejación. Nunca una Manca había llegado tan alto.

—A ver, ponédmela aquí, entre las piernas. Nana, trae el rosario.

Como una ofrenda al Cielo, mi madre desgranaba las cuentas del rosario, mientras abuela sostenía entre sus piernas, firme, el cuello de la Manca y tía Nana le dejaba la cabeza como una bola de billar.

—Padre Nuestro que estás en los Cielos, santificado sea Tu Nombre, venga a nos el tu Reino, hágase tu voluntad...

La Manca también rezaba, silenciados ya sus gritos, arrepentida, agradecida, llorosa, manca del alma, sumida en aquel rito que sólo perdió su solemnidad bárbara cuando, llegada la Letanía, su virgo fidelis y su virgo potens, tras las cortinas tronaron unas carcajadas y, a continuación, una exclamación contundente.

—¡Por puta!

Mi abuela dijo que era el espíritu de la Justicia. Pero, de detrás de las cortinas, quien salió fue mi tío Julián, que dijo lo que dijo como si la Manca mintiera y él estuviera ajeno a todo o como si fuera víctima de una vil invectiva.

—¡Por puta!

Por pobre, traduje yo. *Por Manca*. Y me expliqué su apodo de carencia.

El barrilito

El que mi abuela, mi madre y mi tía Nana hubieran pelado al cero a la Manca por sus relaciones adúlteras con tío Julián le había añadido a su mote otro mote marcado, pero ningún otro signo de abandono o arrepentimiento a ella. Ya es sabido que lo que se descubre se hace público y que, cuando se pierde la vergüenza, la desvergüenza pasa a ser, más que un defecto, una distinción. Pero mi familia no se resignaba a llevar sobre su traje de honestidades aquella mancha moral y social, aquel lamparón, sin duda menos visible de habérnoslo echado encima una señora de buena familia, y tío Andrés le dijo a mi padre que había que cantarle las cuarenta a su cuñado, que su hermana no podía ir por la calle comparada con una Manca cualquiera.

—Faustino, tenemos que hablar con él, en serio. Y si hay que partirle la cara, se le parte, por más que la tenga más dura que la pechuga de un santo.

A mi padre no le gustaba aquel lenguaje de pescadero, aquella violencia y, sobre todo, la comparación de la dureza de la cara de tío Julián con el pecho de los santos, presidente como era de la Acción Católica local. Pero por eso precisamente tenía más interés en que tío Julián abandonara su camino de perversiones, su senda loca de escándalo que proyectaba el Vía Crucis familiar. Y le dijo que bien, que hablaría con él, mas sin violencia, que la violencia es madre del rencor, engendra violencia, lleva a los hombres lejos del Pastor Eterno.

—Vamos, Andrés, pero con buenas palabras, que una palabra puede doler más que un látigo.

—Sí. Y dos tetas tiran más que dos carretas.

De no saber que el libro permanente, exclusivo también, de lectura de mi padre era *El valor divino de lo humano*, me hubiera dejado lila su frasecita, y más que ella, que la pronunciara quien la pronunció, el rey arruinado de las manivelas, los volantes y los neumáticos, pero poco partidario de regalarse en Chardin, en Marcel, Maritain o Zubiri.

—Pues ya veremos. Pero o deja a la Manca o lo dejo como yo, pinchado del michelín —dijo mi tío Andrés, quien, después de lo dicho, era obviamente rengo.

Mi padre y mi tío calcularon que sobre las siete de la tarde tía Nana debía de andar de rezos en la iglesia, pidiéndole a Dios que dejara manca de verdad a una contrincante tan poco representativa, que la dejara ciega, que hiciera el milagro Él, que todo lo podía, y pensaron que así, sin su presencia, podrían hablar más libremente con tío Julián, médico de la honra de tía Nana. Y, una vez ambos de acuerdo, pusieron rumbo a la casa de aquel Casanova de repente, mi padre de misionero redentor de almas perdidas y mi tío de diplomático a la carrera, profesión incompatible con su aguerrido temperamento.

Tío Julián, al que por su avaricia llamábamos irónicamente *Regalito*, vivía en la misma casa grande que nosotros, aunque para mantener su independencia había cortado los accesos interiores a la fonda con un tabique, muralla provisional por la que había que salir a la calle para poder entrar en sus dominios desde los nuestros. A primera vista, su casa era una casa de verdad, una casa con las cosas puestas en su sitio, con su intimidad y sus rasgos hogareños, como la nuestra antes de que se muriera el abuelo y no como la de entonces, casa común, casa de todos, casa de huéspedes.

La casa de tío Julián y tita Nana tenía sus dormitorios, su cuarto de estar para ellos solos, el estudio de prima Rosa, en el que estudiaba cómo jugársela a sus padres, y, en fin, tenía un barrilito de vino que era, con prima Rosa, su tesoro más preciado, su cáliz cristiano, su soma ario, su ambrosía griega, su planta mágica de Umnapishti. Más prohibido estaba el barrilito, o lo que contenía en oro líquido de Jerez, que la manzana del árbol de la Ciencia del Bien y del Mal.

El Can Cerbero de *Regalito* lo abría con cuentagotas, para sí, lo olía para sí, lo bebía y pare usted de contar. «*A mi salud.*» Y punto. Puntos suspensivos, allí fueron a caer mi tío Andrés y mi padre, frente al barrilito, con la firme intención piadosa de acabar con él y liquidar lo de la Manca.

—Comprende que es la comidilla del pueblo y se nos pone la cara roja cuando notamos que se está hablando de nosotros.

Le entraron a voz baja, con el tacto proverbial de mi padre y la mudez insólita de mi tío. Pero el que *Regalito* escuchara sin pronunciarse, también sin mostrar resistencia alguna y con cara de niño compungido, aparentemente dispuesto a soportar la reprimenda, negar la fechoría o entonar el *mea culpa*, hizo que la embajada se confiase y que, olvidando el terrible agravio, por medio de tío Andrés decidiera allanar la cuestión.

—Mira, Julián, tú te olvidas de esa fulana, nos tomamos unas copas y pelillos a la mar. Si en el fondo estás deseando, cabronazo.

Vayan ustedes a saber qué le sentó a *Regalito* como si le hubieran mentado la bicha; si lo de llamarle fulana a la Manca, cabronazo a él o lo de las copas, sabiendo, como sabía, que iban a ser de su vino. El caso es que tiró las patas por alto y les dijo: «*A la mierda los dos, que no necesito ni consejo ni copas ni la leche que mamasteis*».

Así, a bocajarro, más desenfrenado que un toro embolado.

—A la mierda los dos.

Mi padre frenó un claro movimiento de combate de tío Andrés. Y más en el terreno de *Regalito* comenzó a calmarlo con buenas razones y paños calientes.

—Julián, compadre Julián, ya sabemos que no hay que meterse en la vida de nadie. Pero, ¿no crees que lo hacemos por tu bien y por el bien de tu familia? Si no quieres pensar en tu mujer, piensa en tu hija, en su casamiento, hombre. ¿Tú crees que podrá llevar la frente alta? ¿Qué dirá de todo esto la familia de su prometido? Tú eres una persona trabajadora, seria, cristiana y bien querida en el pueblo. ¿Merece la pena que por una debilidad, que puedes desahogar perfectamente en *El Pitaco* o en *Rompechapines* por dos perras gordas, arriesgues tantas cosas conseguidas gracias al sudor de tu frente?

Tío Andrés dijo que sí, que al sudor de su frente, pero que también al prestigio de la casa, la de los Benítez, su firma acreditada en la zona. Sin embargo, las palabras de mi padre habían hecho cavilar a *Regalito*, quien, más apaciguado que en el arranque, no tomó en cuenta la indirecta evidente y, menos prusiano, empezó a echar balones fuera: que si era mentira, que si él no tenía nada que ver con la Manca y que cómo su persona se iba a rebajar de tal manera.

—Vamos, hombre de Dios, con las gachises que hay por ahí... Y con los rollos que salen en la carretera. Tú tendrás que contar mucho de eso, ¿verdad, Faustino?

Mi padre, paradigma de la moral católica y sabedor de que cualquier desliz con hembra ajena a la legítima conlleva un pacto de silencio consigo mismo, palideció, dejando con su mudez azorada y prudente el campo libre a tío Andrés.

—No veas, con lo que hemos corrido. ¿Te acuerdas, Faustino, cuando montamos en el Chevrolet a aquellas dos?

—Yo no estaba casado todavía.

—Bueno, hombre. ¿Qué me vas a decir tú a mí? Mira, Julián, las montamos en el Chevrolet y nos las llevamos a La Venta de Vargas. Copa va copa viene, cante por aquí y baile por allá. La mía era un caballo que ni de la Remonta. Con unos muslos...

—De entonces a aquí ha llovido mucho...

—Pues a mí me parece que fue ayer.

Mi padre estaba llevando su nerviosismo hasta el extremo, y no porque tío Andrés le estuviera dando argumentos a *Regalito*, sino porque su conducta intachable era cuestionada.

—Joder, se creían que íbamos a estar con ellas toda la vida. Pero en el mismo sitio donde Cristo dio las tres voces, y tal como Dios las había traído al mundo, las puse en la cuneta. Gritaban más que Juan Talega cantando por seguiriyas. Ojú qué gracia, Julián, fue algo así como cuando nos fuimos tú y yo a Rompechapines y le pegamos al cabo de aviación que se puso a defender a la puta, y vino la policía y tuvimos que recurrir a los primos...

Mi padre, cada vez más desconcertado y pensando en la manera de resolver el lío en que lo estaba

91

metiendo nuestro pariente irresponsable, creyó por un momento que los primos serían algunos pobres hombres, pasto de las bellaquerías de tío Andrés, y comentó que maldita la gracia que tenía aquello.

—Que eran los primos de Jerez, los Méndez... Hay que ver cómo te pones de meapilas, Faustino... En fin, que Manolo y Juan le dijeron al comisario: «*Oye, prenda, o sueltas ahora mismo a nuestros primos o vas a ir a regentar una garita al mismísimo castillo de Mahón. Qué buenos falangistas y qué importantes eran entonces los Méndez...*».

Como mi padre no encontraba la fórmula para deshacer aquel enredo tan enojoso y tío Julián no se decidía a hacer girar la canilla del barrilito, insospechadamente propuso salir a la calle a tomar unas copas.

—A ver si fuera del imperio Benítez vemos las cosas con más claridad. Ea, como siempre.

—Todos para uno y uno para todos.

Los tres mosqueteros recorrieron aquella noche las tascas de la competencia, cantaron lo *de la amistad tenemos sed* y fueron a caer en el sórdido muladar de carnes en venta de El Pitaco, donde, lunes como era, sólo estaba a disposición la masa mal distribuida de la *Yerbabuena,* que, seguramente, lo fue en su día, pero que ya no olía sino a olvido de desván, a casi siglo, a vísperas de exequias carroñeras.

—... y uno para todos.

—Una para todos.

—Pero hace por tres.

—En kilos.

—Y en años.

La *Yerbabuena* dijo que con don Faustino, no, que le causaba un respeto imponente, como en la letra de *El Piyayo,* y que lo había visto con la pértiga en la procesión de la Patrona. Que ella era furcia, pero devota —tal como demostraba el hábito de Nuestro Padre Jesús que vestía—, resistencia creyente que, aun con la melopea, le vino a mi padre como guitarrista a flamenco en ahogo, como clarinazo a picador o como menstruación de propia a miembo del Opus Dei.

—Con don Faustino, no, que es más bueno que la tierra.

—Pero si ya lo hiciste con él cuando servías en su casa...

La aclaración felona de tío Andrés no llegó a oídos de mi padre, que había salido del antro a evacuar en el rodadero colindante. A evacuar o a ganar tiempo. A desmarcarse de aquella situación en la que no acababa de explicarse cómo se había metido.

—Dios mío, ¿cómo he llegado a esto? ¿Cómo lo has consentido? Si se entera Mariquita, que se enterará por su hermano... Padrenuestro que estás en los cielos, santificado sea tu nombre...

Rezó varios Padrenuestros, varias Avemarías, varios Credos, y cuando iba por la tercera Salve apareció la *Yerbabuena* con las quejas de rigor y con la reivindicación de suponer.

—Don Faustino, entre usted, que están acabando con la estantería y, además, no quieren pagarme el trabajo.

Los tres mosqueteros, cuando las calles del pueblo ya eran puro desierto, terminaron en casa de tío Julián, en aquella casa de verdad, con cuarto de estar reservado y no como los de la fonda. Con cuarto de estar en el que destacaba el barrilito prohibido, el barrilito tesoro.

—Bueno Julián, ya que esta noche te has gastado

menos que la espada de un romano de Semana Santa, a ver si nos sorprendes con unas copas.

—De copas nada, ni la del Generalísimo.

Mi tío Andrés contaría más tarde que, ante tan obstinada defensa, abandonó el *sitio* con mi padre sin haber logrado ninguno de sus dos objetivos: hacer que tío Julián jurara olvidarse de la Manca; conseguir que bajara la marea del preciado tonel por vía natural, es decir, hospitalaria. Y que a los pocos minutos de que se fueran, *Regalito* aporreaba como un demente la puerta de la habitación de la fonda donde él solía dormir.

—Cabrón, cojo de mierda, ésta me la pagas.

Tío Andrés, aprovechando que *Regalito* atendía en el pasillo de su casa la insistencia moralista de mi padre, había hecho girar la canilla del barrilito para que el cuarto de estar oliera durante mucho tiempo a vino. A joya en libertad, a expropiado tesoro oloroso de *González Byass*.

Entre el batir
de las alas del olvido

Tío Andrés, que era un clamor en la tristeza y en la alegría, llegó con una excitación de caballo picado por el tábano, disparada su pierna buena y con un abaniqueo de dolor y noticia en la mano derecha. Era por agosto y habíamos ido a pasar las vacaciones en «Cerro Añejo», la finca que habían alquilado tío *Regalito* y mi padre porque era costumbre de las familias distinguidas pasar el mes de los ardores fuera de los muros cotidianos. Llegó tío Andrés con una elegía en pleamar, sudando a caños, como si hubiera perdido el pito con que antaño ordenaba a los balillas del Frente de Juventudes los movimientos marciales. Llegó a media asta agitada por el vendaval, y nos dijo: «La catástrofe».

En aquella soledad, en aquel retiro veraniego, en aquel recreo donde no se ponía el sol de la tranquilidad, nos dijimos, tate, Franco ha muerto, nos han declarado la guerra los portugueses, se han rebelado las tropas de Marruecos, progresa el maquis, ha perdido la selección con Inglaterra... Sus ojos bajos, su pierna en huelga, los dientes como estrofas de centeno, las orejas gachas, su renovada ira de Luzbel aficionado: «La catástrofe». Tate, el monstruo rojo, la conspiración judeomasónica, el contubernio de la ONU, Lutero y Calvino, Miguel Servet, Stalin. Tío Andrés era su zafarrancho y llegó a aquella finca alquilada inquietando a los pavos del casero, alterando

97

a sus gallinas, transfiriendo su nerviosismo a las yeguas, espantando a los pájaros: «La catástrofe». ¿Qué habría pasado? ¿Qué nuevo terremoto de Lisboa nos estaría jodiendo en aquel día mondo de sol, renovado de luz, hecho de piel morena bienhechora? «Falangista», decía, «era falangista de los buenos, un héroe, y había exigido, como un héroe, que la bandera de España estuviera en la Monumental de México».

«Ya está», nos dijimos, «Manolete». Lo había cogido un toro, lo había volteado como en un manteo, estaría sangrando, derretido en su sangre de bandera. De bandera nacional.

Mi padre, que era de Rafael Ortega, su paisano calvo, con hechura de descargador de silo, chaparrete, cantudito, dijo que no era posible, que Manolete no se arrimaba, que había que tirarle un cuerno: «Rafael sí que pisa el terreno de la verdad».

«La catástrofe»: era un hombre de bien, un patriota, un caballero, aunque hubiera limpiado zapatos por las calles de Córdoba, aunque su profesión de antes del toreo fuera la de mecánico, aunque fuera más «exsaborido» y más serio que una cabecera de duelo en Viernes Santo.

Tío Andrés no podía hablar. Decía eso vago y terrible de «la catástrofe», pero ni una sílaba más aclaratoria, avaro del verbo, usurero del habla, hasta que, por fin, estalló: «Carlos Arruza, el hijoputa del mexicano, lo ha matado».

Pensamos en faldas, en historias pasionales, en una que se llamaba Lupe, y en que Arruza, aquel muchacho guapo y con acento de resbalarse, lo había dejado tieso, no con el estoque, con una pistola. «El hijoputa de Arruza, que le ponía las cosas difíciles», explicó, a la larga, tío Andrés.

En los días siguientes, las emisoras narraban el

entierro y hacían recomendaciones llenas de ayes, llenas de monumentos, llenas de orgasmos dolorosos: «Que le pongan un crespón a la Mezquita, a la Torre de la Vela y a la Alhambra de Graná». Y Juanita Reina, con su cara linda de Virgen desbravada, con su versión folclórica de Macarena, con su boquita de guiñol, nos ponía en la garganta una Santabárbara.

«Islero» había puesto a Manolete más allá del Tártaro y tío Andrés perdía así un camarada. «Lo que siento es que no haya sido un rojo para desquitarme», nos dijo. Pero, capote de grana y oro, alegre como una rosa, no debió de importarle mucho, porque tardó poco tiempo en irse a Sevilla para ver a Luis Miguel Dominguín, la otra bandera a volapié de los fachas. Unos días antes de la muerte de Manolete también había ido a verlo con mi padre y tío *Regalito*. Fue aquélla una tarde triste, más triste que las tardes sucesivas a la muerte de Manolete. Mientras ellos, para distraer el camino de vuelta, se echaban unas copas al coleto en una de las ventas del cruce de Las Cabezas de San Juan, un resplandor insólito moraba el horizonte, y una explosión inmensa despertaba gallinas y pavos, daba tensión de puta en acera a las yeguas, desorientaba a búhos y murciélagos. A los pocos minutos lo daba el parte de las diez y Cádiz era una lágrima de fuego.

—Que han sido los rojos, Julián.

—Tú ves rojos por todos lados, Andrés.

Los muertos, los heridos, los robos. Cádiz temblaba como un barco, como nosotros tras la explosión.

Estaban entrenados en desastres Quintero, León y Quiroga cuando la muerte de Manolete porque ya le habían puesto el luto negro de la chamusquina a la catedral de Cádiz, a su humildad de piedra cariacontecida. Y a muchas madres que no eran la de Manolete,

99

muchas madres tronchadas como la pierna desobediente de tío Andrés.

Uno de aquellos días fue cuando miré de otra manera a prima Rosa, a su alarmado tórax en el que la primavera empezaba a plantar un salpullido, cuando entendí que, en un minuto ciego, están la traición y la felicidad. Y me hice un pequeño bellaco aligerado de dogmas y consignas, un corazón caliente que amaba la vida por su parte más hermosa y condenada: por el pecado que era prima Rosa ya, nominativo Rosa, vocativo Rosa, acusativo...

Y me perdí en un tiempo que aún perdura y nunca ha de volver, como quien ha oído hablar, sin fe, de la esperanza entre el batir de alas del olvido.

La calle de
Juan sin Tierra

Juan Darío de Bretón y Olcades se hizo huésped de nuestra fonda cuando ya era suficientemente conocido en el pueblo. Fue un triunfo de mi abuela en aquella liguilla de dos equipos que conformaban la única división del hospedaje local y una profunda satisfacción recorrió las viejas paredes de la fonda a pesar de Juan, sus formas estrafalarias y su conducta dudosa. El de Bretón era pintor fino y decía descender de una gran familia sevillana a la que no gustaba demasiado su dedicación a los pinceles y el lienzo. El de Bretón dejaba a su paso un escandaloso perfume embriagante, que contrastaba con el hedor a sobaco y pies de aquella gente sucia por tradición y porque el terreno elevado en que se estiraba el pueblo hacía difícil la llevada de agua. El gran combate con mi abuela estaba ahí, en el agua, y Juan Darío de Bretón lo utilizaba como argumento para desviar la rumia chismosa sobre sus aromas sospechosos.

Juan había llegado al pueblo con un escultor que para agriarnos un poco el triunfo se había quedado en la *Pensión Lupercio*, donde daba clases de inglés gratis a los muchachos, fueran o no estudiantes. También procedía de una gran familia y también llevaba un nombre pomposo con el que maravillar a los catetos y guarnecerse de las malas pulgas de nuestra burguesía taimada y más bien ágrafa: Rafael de Olmedo y Villena. Ya se sabe que las cosas de los nombres y apellidos impresionan más si llevan una copulativa o una preposición, ayuntándolos como si de vacas nobiliarias se trataran. Y a Juan y Rafael los unían muchas cosas, como el arte, aunque temporalmente estuvieran indispuestos, motivo por el que Juan abandonó la pensión rival, por más que mi abuela hablara de limpiezas y pulcritudes. Yo, que todavía no estaba ducho en muchas cosas, entreveía en Juan una extrañeza, una expresión excesivamente delicada, tal vez por oposición a nuestras formas bruscas, a la que secundaba en mi desconcierto su manera desmayada de vestir: hebillas doradas en los zapatos de color amaranto, capa española recubriendo la camisa florida con palomita al cuello, el pantalón ceñido y provocador, medallón colgante como compaña de la pajarita en tatuaje de metal... Mi abuela, apuntalando su triunfo, decía que los artistas son muy raros y que aquella vestimenta era lógica, que lo que pasaba era que nosotros estábamos atrasados, que todo era envidia, una envidia gorda y grosera que no podíamos aplaudir; mi tío Andrés, siempre a la bárbara, con la mosca detrás de la oreja, que lagarto, lagarto; mi padre, en piedad de más cautela, que las apariencias engañan, y en ésas, dividida como el Parlamento de ahora, el resto de la familia, según escasos grados de finura o abundantes de mala leche. Lo cierto es que Juan, durante un tiempo considerable, no dio señales claras de homosexualidad y su comportamiento resultó irreprochable, perfecto, de caballero, como decía mi abuela. Y la confianza se fue apoderando de nosotros hasta el punto de que, más que un de Bretón y Olcades, pasó a ser un Benítez liso y llano, el cual, en vez de comer con el resto de los huéspedes, comía en la cocina, con nosotros, hijo heterodoxo más de una tribu a la que si no se le veía la pluma de indio tampoco se le sospechaba la de escribir por ningún lado. Con esta seguridad, desde dicha garantía, la familia sintió a Juan como algo suyo y, en función de que si hay algún hijo soltero y atractivo lo primero que se hace es buscarle un buen partido, rápidamente se encomendó el deber de buscarle novia. Teresina, la hija mayor de los Carrillos de Alburquerque, aunque en edad iba camino de emular la carrera de la viuda de Matusalén, estaba vacante; María de las Mercedes Gómez Rioja tenía en perspectiva una herencia de oro y unas manos de oro bordando, dos caras virtudes cristianas a valorar. Y, entre tan poco donde elegir, Mariquita de los Santos Mendoza, menos pródiga en solera de estirpe, tampoco era manca para un futuro cómodo, suerte hizo su padre y méritos de confidencia durante la guerra para que se le pagara el servicio a la patria con la jefatura local del ídem Nacional del Trigo. Pero aquella presión sin descanso sobre el huidizo huésped familiar debió de ser el detonante, el ente revulsivo o la explosión dinamizadora, porque Juan, como primera medida de salvación, hizo las paces con Rafael de Olmedo y si no regresó a su antiguo cobijo pudo ser porque, como él decía, nos había tomado ley. La cuestión es que, a partir de entonces, debió de sentir un descoco de primavera demandadora y su entereza flaqueó como un muelle de guita hasta el punto de que hubo consejo de familia para expulsarlo: de la fonda, noticia que no le fue ocultada por quienes lo defendieron, más cercanos a su autoaprecio de paternales amparadores que a la conmiseración en contraste con el resto de la familia disidente, al fin y al cabo la horda vociferante de mi tío Andrés. Juan, aquel día, lloró como si el Niágara fuera de su casta. Repitió, como si fuera un tartajoso del cariño, aquello de la ley que nos tenía. Se convulsionó repetidamente como tonta en orgasmo y tuvo en su pelo todas nuestras manos arrepentidas como piedras de escándalo que quisieran retirarse. Pero lo que tenía que pasar, pasó. Mi tío Andrés lo decía, soberbio de su acierto y Perogrullo: *Quien tira al monte, tira al monte. Qué me van a contar a mí.*

Si la infancia de don Antonio Machado eran recuerdos de un patio de Sevilla y un huerto claro, etcétera, mi infancia es la memoria de un campo de fútbol en el que florecen los balones y se rompen las redes de las porterías. Mi abuelo, que, por emprender, emprendió la tarea ruinosa de construir un campo de fútbol, no se equivocó en una cosa: la de futbolista sería la profesión mejor pagada del futuro. Un futuro que éramos nosotros y, por eso, compró un equipo de camisolas amarillas y pantalones rojos para que fuéramos por los pueblos cercanos de bandera nacional y haciéndole propaganda de sus cines. El *Films Benítez Club* se llamaba el equipo que componían mi hermano, mis primos, sus amigos y algunos empleados de casa y cuyos hinchas más permanentes o socios más fieles éramos mi tío Andrés, cerebro, cabeza visible y presidente del evento; Juan Darío de Bretón y Olcades y Rafael de Olmedo y Villena, a los que las malas lenguas otorgaban los cargos de masajistas, y yo, mascota del club. El equipo, que comenzó a foguearse en plan informal por los pueblos donde mi abuelo tenía intereses, progresó y hubo que federarlo, debutando, por fin, en nuestro pueblo, un día de banda de música y cohetes, mi tía Nana de madrina y *Te Deum* previo, en el que don Matías, el cura, hizo una hermosa homilía sobre el deporte y sus ventajas, sobre la importancia de la participación y sobre la *mens sana in corpore sano*, que algunos confundieron con el anuncio de propiedades terapéuticas en la fruta del Árbol de la Ciencia del Bien y del Mal:

—Los caminos para llegar a Dios —dijo emocionado de su verbo— son múltiples. El fútbol, aunque lo inventaran en la pérfida Albión, es uno de ellos. Recordad cuántos corazones católicos reforzaron su fe y se llenaron de alegría en Maracaná, al marcar Zarra...

Aquel día se goleó holgadamente, y don Matías, como si hubiéramos vencido a la pérfida Albión, hizo temblar el pueblo con las campanas. El *Films Benítez Club* ganó a domicilio el partido siguiente y, de la misma manera avasalladora, el posterior, celebrado en casa, colocándose a tenor de los resultados favorables inmediatos en la cabeza de la clasificación hasta la segunda vuelta, que habría de iniciarse devolviendo visita al San Eloy, el equipo de Jerez que abrió la Liga y las alas del entusiasmo en el pueblo, la gloria y el historial efímero del F.B.C., porque, precisamente a causa de aquel desplazamiento, desapareció para siempre, al menos como tal *Films Benítez*.

Dada la precariedad económica del equipo, que mi abuelo quería se autofinanciara, los viajes se hacían en un camión de mi tío Julián, para que todo quedara en familia. En él se trasladaban los jugadores, Juan Darío de Bretón y Rafael de Olmedo, que querían ser de a pie, nada de distinciones distanciadoras, la escasa afición y la mascota, o sea yo, mientras que mi abuelo, mi tío Julián y mi tío Andrés lo hacían en el Chevrolet de la familia. Al chófer del camión, que jugaba de portero, le llamaban el *Ahogadillas* porque cuando le pitaban una falta se echaba manos a la garganta en un intento cómico, y a veces rentable, de amedrentar al árbitro. El *Ahogadillas*, un poco antes de los partidos, le daba a la copa para inspirarse, como él

107

aseguraba, afición etílica por la que en los viajes sólo era segura la primera parte del camino. Para nuestra desgracia, aquel día del San Eloy iría a demostrarse.

Como llegáramos excesivamente temprano a Jerez y el partido diera comienzo a las doce de la mañana, se les concedió una hora de permiso a los jugadores para que hicieran tiempo y turismo visitando la ciudad. *A las once y media* —dijo autoritario mi tío Andrés—, *en el campo, que hoy aseguramos la cabeza para el resto de la liga.*

Ante orden tal, los grupos de jugadores y seguidores más afines entre sí comenzaron a alejarse del camión por calles diferentes, mientras que Juan Darío de Bretón y Olcades, Rafael de Olmedo y Villena, el *Ahogadillas*, un amigo del equipo y mi hermano permanecieron unos instantes al pie de la cabina, discutiendo algo relacionado conmigo. Juan etcétera y Rafael etcétera habían convencido a mi hermano durante el viaje para ir al Puerto de Santa María —a un paso de Jerez, como le dijeron— donde conocían al dueño de una bodega. *A tu hermano* —señaló Juan— *lo embarcamos con cualquiera.*

A las once y media, respondiendo a la orden de mi tío Andrés, estábamos en el campo de fútbol del San Eloy todos menos los miembros integrantes de la improvisada expedición al Puerto, los cuales, para acabarla de arreglar, se habían llevado con ellos las camisetas, las calzonas, las medias, las botas y el balón del equipo. Mi tío Andrés, queriendo proporcionar una serenidad de la que no participaba, aseguró que no iban a tardar mucho y que los jugadores podían empezar a desnudarse para ganar tiempo e ir entrando en forma.

—Venga —ordenó—, a calentar. Dad saltos, como en el *Nodo*, haced flexiones, que no nos cojan en frío.

A las doce y media nos dimos por vencidos, se vistieron de calle los jugadores y se suspendió el encuentro ante el disgusto comprensible de los directivos del San Eloy, quienes, con todas las de la ley en sus manos, amenazaron con el resultado de una querella que habría de resarcirlos económicamente. Mi abuelo, cuya serenidad se impedía de participación en aquel desbarajuste totalmente exento de formalidad, desapareció con el Chevrolet. Mi tío Andrés, antes de poner tierra por medio tras las huellas del coche, repitió zahorí que aquellos hijos de puta no iban a dormir con las costillas enteras aquella noche. Y todos, mostrando por primera vez en mucho tiempo algo distinto a su conformismo de oprimidos súbditos, una vez más chasqueados, farfullaron que *esto no se hace, no señor, no hay derecho.*

Como es de suponer, los de la expedición al litoral encontraron al amigo bodeguero, quien les dio la bienvenida obsequiándolos con una cata de moscatel, les hizo luego probar las diversas marcas de la casa y terminó agasajándolos con una fiesta flamenca, protagonizada por unos gitanillos de la localidad, reclutados a lazo por el amigo de Juan y de Rafael, que, en ocasión no despreciable de pluriempleo, tuvieron también que ofrecerse para otros menesteres menos canoros. Mi hermano, intentando explicárselo, lo explicaba luego sin demasiado sentido de la culpabilidad: *Es que nos dijo que el moscatel daba fuerza y se nos calentó la boca... Y después de perdidos, al río. Ya no sabíamos lo que estábamos haciendo.*

A pesar del *coloque* desmesurado, sobre las cuatro de la tarde, mi hermano había recordado que los esperaban en Jerez, y en un gesto de voluntad sin precedentes, superando la ensoñación y la sensación de peonza activa que da el vino, urgió a sus compañeros para emprender la marcha, no ya en busca de los puntos que les aseguraran la cabeza para el resto de la Liga, sino, menos airosamente, en busca de aquella jarca abandonada que, en muchos de sus integrantes, ya había comenzado el regreso mohíno a pie, como si los cincuenta kilómetros que separan Jerez de nuestro pueblo fueran un paseo.

Para su mala suerte mi tío Andrés no tuvo que partirle las costillas a nadie, pues ya se había encargado de hacerlo un volantazo del *Ahogadillas*. Por lo que se contó en el juicio sobre el accidente, Juan Darío de Bretón y Olcades y Rafael de Olmedo y Villena volvían en la cabina del camión con el *Ahogadillas*, a la vez que mi hermano y su amigo lo hacían en el cajón, desde el que vieron por la ventanilla del cristal que separa y al mismo tiempo conecta ambos compartimientos cómo Juan masturbaba al *choferporteroamedrentaárbitros*. La eyaculación, su pasmo, le hizo perder el control y en la cuneta se hizo un árbol más cruel y vengativo que los pensamientos de mi tío. Como en el juicio salieran los antecedentes de Juan —una condena por estupro y otra por exhibicionismo con embriaguez inductora—, se demostrara que no se llamaba así, sino Juan Fernández López, y se aclarara que nunca hizo la carrera de Bellas Artes, como presumía, mi hermano y su amigo creyeron tranquilizadas sus conciencias entendiendo que declararon justo lo que tenían que declarar en vez de otra cosa cualquiera, seguramente más verosímil, y en el caso de mi hermano incluso afloró un sentimiento victimista inexplicable a no ser porque tuvo que correr con la carga de una multa por dejarse llevar de folclore expresado en el testimonio y repetirle al juez, con menos compás que los gitanitos, una copla que les oyó en el Rincón de Baco portuense y le bullía traicionera en los labios desde entonces: *Los civiles me agarraron / y al ver mi mare llorá / los civiles me soltaron... / Me soltaron dos guantás*.

La condena de Juan, basada en acto de temeridad y prácticas deshonestas, fue de destierro, situación a la que, en vista de los antecedentes, estaba abocado, y pago de los gastos de atención a las lesiones graves del *Ahogadillas* y menos graves de mi hermano, su amigo y Rafael de Olmedo y Villena, quien, solidariamente, rechazó la indemnización que le correspondía.

Antes de salir del pueblo, Juan se despidió de toda la familia recordándonos su casta de Niágara. Reconoció que su deseo era superior a su voluntad. Dijo que había luchado contra su tendencia hasta el punto de haber intentado quitarse la vida en varias ocasiones. Nos pidió perdón por haber traicionado nuestra hospitalidad y nosotros supimos que si no éramos de su casta de Niágara también podíamos sentir el llanto por nuestras mejillas secas. Puedo decir que, por encima de la tristeza que me produjo la sanción a perpetuidad que la Federación Andaluza de Fútbol decretó sobre el *Films Benítez Club*, de tal historia me quedó una sensación de ahogo y un sentido profundo de respeto por las personas como Juan, por aquellos seres en los que la tierra niega su condición de naturaleza herida, por todos en los que, desconcertadamente, se contradice.

Desde entonces, a Juan Darío de Bretón y Olcades se le ha llamado en el pueblo *Juan sin Tierra*, con un poco de mofa. Y, ahora, cuando ha triunfado como pintor, hay en él una calle que se llama así, como el nombre artístico definitivo que Juan Fernández López eligió para su Vía Crucis.

111

Di Stéfano

Desde la ventana, Sevilla se estiraba a mis pies con una apuesta de azahar. Lejos, por entre los remates de unos edificios más sucios que ensolerados de tiempo, la Giralda dejaba ver su cúspide graciosamente en el lábaro y la palma del Giraldillo. Se intuía un arrebato de tren poblado de campesinos con aves, soldados, monjas y toses por San Bernardo, acaso porque por la estación de San Bernardo llegué en un viejo tren, con asientos de madera, escoltado de vapor —envuelto en vapor— para acompañar a mi hermano, convaleciente de una operación de tobillo en la clínica que la Federación Andaluza de Fútbol tenía en la calle Oriente. Como un estremecimiento de luz y de olores, de colores y canciones en pos de niños eternos derramados tras la huella de Mambrú, la primavera sevillana se adensaba por el aire como una garrafa rota de aromas y penetraba adolescente por la ventana confundiéndose con el olor a linimento y medicina, a yodo y dolor, a clínica. No sé si aquel retal del paraíso me dominaba en la involuntariedad de su poderío o colaboraba yo también en que así fuera con el objeto de olvidar la cara huraña, decepcionada de mi hermano, quien, no sólo herido por el bisturí en su encarnadura sino además por la ausencia de su corazón, había esperado hasta aquella mañana la llegada de su novia, de la que sólo la delicadeza de unas flores dejaban razón y presencia insuficiente. Su padre, chapado a la antigua y acogido a remedio radical de evitar el peligro sorteando la ocasión, le había prohibido el desplazamiento concertado, medida por la que mi familia había dado en solución de emergencia enviándome a mí, poca medicina para la dolencia sentimental de Carlos.

En el espacio abierto y lánguido de Sevilla, vi su rostro despojado en la penumbra de la habitación de dos camas, que compartía con otro futbolista de tercera, un antiguo goleador venido a menos con la edad y las lesiones, quien, más afortunado de coyuntura temporal, atenuaba en la caricia de su novia la tarascada de sus ligamentos recién ordenados por el doctor Leal Castaño.

Nunca pensé que aquella situación fuera a repetirse calcada siete años después, conmigo en el lugar de mi hermano y otro futbolista a la baja ocupando la cama vecina. Pero, hay que creer que si no estamos repetidos, el tiempo regresa y establece su costumbre y su acento, como si ciego de viajar tuviera siempre las mismas estaciones en las que repetir su figura de tren envuelto en vapor, el vapor de los años.

Por aquel tiempo en que fui a Sevilla para acompañar a mi hermano, yo era un niño en el que la sorpresa anidaba acarismante por la admiración, y en los cuatro días de mi estancia en la clínica los sueños se me llenaron de balones y tardes domingueras, hasta el punto de que no concebía mi futuro fuera de aquel ambiente. En la clínica de Leal Castaño —o de la Federación Andaluza de Fútbol— había conocido a la mayoría de los jugadores del Sevilla, que iban a visitar cada tarde la inconcebiblemente mutilada anatomía de Campanal, recuperándose en ella de la lesión de riñón que le produjo Gento. Y, por primera vez, había entrevisto una solidaridad entre distintas clases que me ataba encantadora a aquel mundo de manera

116

poderosa. En el dolor y la mala suerte, jugar en tercera, segunda o primera división no importaba demasiado. Importaba la causa probable de conocer cómo el paso de los años funda la decadencia y, tal en el viejo goleador compañero de mi hermano, hace trasluz lo que fuera fulgor, penumbra la luz del mediodía.

Por la conducta de entender la vida como algo en descenso a partir de un punto insuperable, los jugadores del Sevilla que iban a visitar al ídolo también visitaban la habitación modesta de mi hermano y, en ella, ante mis ojos absortos y mi corazón deslumbrado, hablaban con suma naturalidad camarada de sus juergas y sus amores, del próximo partido, de las lesiones tan temidas y, sobre todo, del *Melenas*, una especie de bicho omnipresente que los tenía —amén de por la calle de la Amargura— derechos como cirios nazarenos —y así quería sus conductas, penitenciarias— vigilados estrechamente para que no se les fuese una pizca de energía en actos o pensamiento ajenos a la profesión. Eran Ramoní, Arza, Pepillo, Valero, Enrique... Y se alzaban como torres o dioses ante mi edad, a la que en el fondo pertenecían, niños de piernas grandes, enormes hombros y pelos, muchos pelos, asomando por la camisa desabrochada desde los pectorales arrasadores, pero sencillos e ingenuos, tan elementales como el juego que practicaban si se tiene en cuenta que las aventuras no siempre crean víctimas y que el fútbol es sólo eso, un juego que quiere sustituir el afán más dañino que al hombre le hierve para humillar al hombre.

Ni más ni menos, así concebían ellos al Melenas, el entrenador, un ser en forma de látigo cuya única obsesión era humillarlos. A sus caracteres simples, infantiles, les importaba bien poco que los hubiera

117

clasificado segundos en la Liga y que los tuviera de punta en blanco y señoritos de la *división de honor*, haciendo escolta distinguida al Real Madrid, al Campeón de Liga que les concedía un puesto en la Copa de Europa por haberla conquistado el año antes. El *Melenas,* aquella furia humana con acento gardeliano, son de una Italia pasada por París y palabras en su vocabulario que remitían al territorio de las dulces milongas, se llamaba Helenio Herrera y, como un sabio en menester menos encomiable que encontrar bálsamos para que la humanidad rebaje sus cuitas, había encontrado remedios para que aquella plantilla heterogénea, con cuatro artistas de la pelota y una honrada pandilla de trabajadores del boleón, apareciera destacada entre los más grandes del mundillo del fútbol, robles de los que sacó finos canapés, algarrobos de los que llegó a hacer airosos marcos en los que empotrar la gracia malabarista de Pepillo, la elegancia de Ramoní o la clase de Arza, pare usted de contar, y a los que, precisamente, protegía con más atención de las tentaciones diarias, vista la tendencia que los más dotados tienen a derrochar o tirar por la borda sus facultades.

Por contra de ser solidarios con los que aún no habían llegado a su altura o los que habían descendido de ella, lo eran poco o nada con sus propios cuerpos. Ramoní y Pepillo daban en lo más parecido a la indisciplina o lo más identificado con el pendoneo. Una demencia alegre de conocer remotamente que la juventud está hecha para vivirla, ponía el dedo en la llaga de si no tendrían razón tirando al monte. Ser dios en un momento quizá exija ejercer de dios, aun a sabiendas de que al instante irrepetible de unos años van a demandar otros años una administración acertada o desacertada. Querían vivir, de pronto, toda la vida, apretando sus estados diversos en un solo latido, en un momento solo, y hacer de ella una eclosión de gol en presente, de aplauso, de gloria inaplazable en cada uno de los rincones de Sevilla. Arza y Valero, que disimulaban un poco más su inclinación a la fiesta o a la holgazanería, quizá lo hicieran porque estaban casados o porque eran conscientes de que les iba quedando menos a sus luces de astros menores, arrinconados ya en la treintena amenazadora. Pero a los cuatro los unía una inequívoca, irrefrenable desazón por exprimir la vida como un gajo y una ternura imborrable o marcada en la melancolía de saber que más tarde o más temprano no iban a ser los mismos, por lo que, de una sola tacada, debían serlo hasta apurar el vino de aquel cáliz de plenitud.

Mi hermano, tan niño en su asombro como yo, escuchaba extasiado sus bromas y sus quejas, sus aventuras y sus terrores expresados ante las hachas devastadoras de los jugadores leñeros, y si no se le iba la vida en forma de lágrima tras una promesa que la lesión de tobillo le había puesto tan poco abrazable como su novia, se humedecía de impotencia y gozo mezclados en sus pupilas, vértigo de un miedo al que aquella presencia vencedora prestaba un inesperado alivio: el de haber conversado con la gloria y darse cuenta que tampoco era tanto y tenía la base averiada, como su tobillo.

El ángel de la guarda de sus cuerpos que era Helenio Herrera, resultaba el carcelero inevitable de sus espíritus desmandados. Conocía cada uno de sus movimientos y en dónde podían estar a cada minuto del día. Abogaba por el orden de tal forma extrema que, en su convencimiento de que el mayor índice posible de disciplina no lo garantiza un guardián sino una esposa, dispuso que un jugador de la plantilla se casara con una prostituta, una vez confesados ante el juez el desliz y la puntería de dejarla embarazada. Pero como sabía que la familia tampoco aseguraba definitivamente la disciplina espartana que necesitaba imponer para que el equipo saltara al campo en condiciones de no hacer el ridículo, a cada rato llamaba por teléfono al domicilio de los casados y si la sirvienta le comunicaba la incapacidad de su señorito para atender a la vez su llamada y la de las tripas clamantes, el Melenas ponía en marcha una contracoartada menos ingeniosa pero más eficaz. Se lo había hecho a Arza, truhán de mil habilidades a la hora de justificar sus ausencias en correrías nocturnas y por las que en disfraz de argumentos a favor dispuso un día su cuarto de baño en la mismísima Alameda de Hércules, el único lugar *non sancto*, por entonces, de la tierra de María Santísima. Y también se lo había hecho a Valero, que ratificó la contraofensiva del *mister* en un santiamén no del todo despojado aún del asombro:

—La sirvienta le dijo, como le ordené, que yo estaba en el baño. Y fue a mi casa a ver si era cierto. Lo malo del asunto no es la sanción, sino que, después, la parienta no ve más que cuernos por todos los lados.

Atisbar en aquellos mocetones una intención malsana de vidas licenciosas en lupanar tercermundista o fino se me hacía tan imposible como otearla en mi hermano. Durante los días de la primavera que estuve en una Sevilla de perfumes florales y olores medicamentosos, aquellas personas que jugaban al fútbol supusieron para mí la certidumbre de haber estado en un país de gigantes cariñosos y ajenos a toda historia turbia de cuerpos adúlteros o cuerpos mercenarios. Ramoní y Pepillo, tal vez para acompañarse de una manera gráfica la infancia que revoloteaba todavía en sus corazones traviesos, me llevaban al

campo de Nervión y, como si aún estuvieran corre-
teando por las calles de su Melilla natal escapada de
Andalucía a través de las olas del Mediterráneo, de
cuando en cuando, mirando hacia mí, la encontraban
blanca y solitaria, cristiana y mora en el graderío,
engastada en la infancia que yo les retornaba. Con un
poco de fantasía, podían imaginarse a Helenio Herrera,
o al Melenas, como un sargento de la Legión que les
gritara cosas explosivas, frases casi ininteligibles azo-
tadas de lunfardo, frases supuestamente hirientes,
sarcásticas, que querían ser estimuladoras mientras
ellos corrían con el balón pegado al empeine ordenador, ventosa mágica, magistrales, mimosos con la ba-
dana encariñada.

—Valiente partida de cagones... Siempre en el
retrete.

Noto el insulto guasón correr entre las placas
móviles y transparentes del agua de la ducha, bajo
cuya alcachofa me recompongo de un esfuerzo, puesto
que no de un fracaso. Entre sus hilos níveos de agua
enfadada —pero bienhechora, como Helenio Herrera— me avengo a pensar en lo que despertó mi
vocación frustrada y finalmente ha dado en moraleja.
Aquel primer contacto con Sevilla y con los jugadores
de su mejor equipo por las fechas en cuestión hizo
que extrajera de mí un deseo que, siete años después,
se encontraría con su propia violencia. En el estudio
sobre los caprichos disciplinados del azar se han encontrado vestigios de conductas ordenadas y con una
proclividad cierta a manifestarse sistemáticamente en
ciertas personas cuando no en las ligadas a ellas de
forma sentimental. Por semejantes obligaciones, no sé
si excepcionales, del azar, comprendo que lo que tenía
que pasarme me ha pasado con la inevitabilidad que
acontece la naturaleza. Mi hermano y yo somos tan

parecidos que es muy posible que Dios, al crear al hombre, hubiera pensado en ahorrarse almas y disponer una para dos cuerpos. De pequeño me ocurrieron cosas que ya le habían ocurrido a él. Por ejemplo, meterme en un aljibe en busca de una pelota rebotada hasta su fondo y permanecer en una traviesa de la bóveda cuarenta y ocho horas, sordo a las voces de mi hermano, que no quiso recordar su misma experiencia, y a las más desgarradas de mi madre, que no querría observar en mí una fotocopia del hijo que tanto le había dado que hacer. Ya cuando ingresé en la mili y fui recomendado por un tío mío policía al *pater* del cuartel, éste se santiguó y dijo, mirando al cielo, una frase que inútilmente quería ser mitigadora de un certero veredicto: «Señor, que no sea como su hermano». Lo era, no obstante, porque si no enseñaba su cuerpo, escondía bajo el mío su alma perdedora y dispuesta a dejar en el envoltorio de carnes, vísceras y huesos las mismas cicatrices dolorosas. Mi hermano no era un monstruo ni nada por el estilo, sino una persona con mala suerte, a la que la mayoría de los problemas se le habían echado encima por apostar —sin pensárselo demasiado— en hacer lo que no podía. Su actitud estaba determinada en cada momento por su vehemencia, y puedo ilustrar la causa que produjo el efecto de tres meses privado de libertad diciendo que, a veces, la contravención de la ley tiene motivos nobles, como es el del amor. Mi hermano, a quien al llegar a la mili y afirmarse en su condición de futbolista profesional le pusieron de sobrenombre Di Stéfano por el color rubio de su pelo y la forma desenvuelta de mover el balón, dio luego un traspié rigurosamente serio y extrañamente doble al conseguir que el equipo de *su barco* se desplazara a jugar a nuestro pueblo con el comandante del mismo al frente. Su intención no era otra que la de obtener un permiso extra por el que ver a su novia, sólo posible al producirse —y no como tal permiso— dentro del cumplimiento de su régimen militar, pues le coleaba un arresto obstaculizador, originado por otro impulso natural e incontenible de su vivo carácter. Naturalmente que mi familia se vio emplazada en la gentileza de agasajar al comandante con un almuerzo en nuestra casa, atención que pudo paliar el arresto de mi hermano de no ser porque el mal fario acechador visitó la mesa e hizo recordar al marino cómo unos meses antes Carlos consiguió ver a su novia gracias a un telegrama por el que se le participaba de la feliz llegada al mundo de un nuevo hermanito. El distinguido huésped hizo la pregunta de cortesía a los postres y a todos se nos cortó en el cuerpo el arroz con leche, una vez que mi madre —en maternidad tan lejana como ajena en conciencia del ardid de mi hermano— enhebró unas palabras, urdidas lo más finamente posible, y señaló hacia mí:

—El niño, perfectamente, señor, ahí lo tiene.

El comandante pensaría que las condiciones de navegación o la situación en aguas extranjeras no eran de lo más adecuadas para ordenar zafarrancho y, tras el café, la copa y un enorme y aromático puro, que no desaprovechó ni siquiera para reiteradamente dirigir su humo en dirección a la cara confundida de mi hermano como una declaración encubierta de guerra sin cuartel, se despidió educado besándole la mano a mi madre y diciéndome a mí, con sonrisa de ametrallamiento en abanico, que había crecido muy rápido, muy rápido.

—Señora —remató—: con madres como usted siempre estará a salvo la patria, porque jamás el enemigo podrá acabar con la diligencia de una sangre tan fértil.

Sus gestos amables, las palabras medio laudatorias y medio enigmáticas y el hecho de que aquella tarde alineara a mi hermano, nos hizo creer que la metedura de pata materna no lo había sido tanto. Mi hermano, sin embargo, con la fuerza que da la costumbre, sí volvió a meterla en el plantillazo de una defensa local y, por esas paradojas que nos legan los imprevisibles *mengues* cuando se enfrentan entre ellos, durante tres meses gozó prisión de cama hospitalaria en vez de sufrir arresto de cubierta en intemperie océana de guardia.

Por aquélla y otras muchas historias indisciplinadas en las que mi hermano puso la guinda a lo más insólito de cuanto hasta entonces hubiera sucedido en el cuartel, el *pater* se hizo cruces al comprobar que, frente a su sosiego súbitamente modificado, se alzaba otro Benítez Jaén, también futbolista de profesión, ex jugador de un equipo de tercera, convaleciente o no recuperado todavía de una lesión de tobillo intervenida por Leal Castaño, bajo de forma pero perfecta y rápidamente recuperable, como informó seguro mi tío el policía, tan diestro en dar por ocurrido lo que jamás sucedería como tajante en hacer responsable de lo sucedido a quien nunca lo realizó.

Sus palabras me hicieron recordar que mi hermano las había referido muchas veces en boca de quien, entonces y en mi caso, las pronunciara. Entre Carlos y yo la rueda del azar iba dejando su chirrido más agudo justo al lado de nuestras orejas, y yo pensaba que un día o descansaría o dejaría de importunarnos, desde la reflexión de que todo mecanismo quiebra un punto y desorganiza su sistema implacable, a la manera del pobre asediado por todas las plagas habidas y por haber al que una mañana toca la lotería. Contra la incertidumbre prepotente de los que si triunfan no se creen tocados por la buena suerte sino por la inteligencia poseída, yo me creía acechado por una suerte adversa, pero con la esperanza de que por una vez el rojo saliera albriciador en la ruleta de mi vida.

No hubo suerte, claro, ni podía haberla hasta que previamente la encontrara mi hermano, de quien yo iba repitiendo la huella, y tan desgraciadamente que mi cariño y admiración por él se fueron trocando en odio. Un odio irreflexivo que deseaba su muerte de recapacitar en que pronto lo seguiría al sitio misterioso y supuestamente lóbrego del que nadie ha dado noticia porque nadie ha sabido salir de su mazmorra de silencio. Tal era mi sino: seguir su vida, repetirla. ¿Tendría, acaso, que seguirlo también en la muerte? ¿Cuenta con ella la naturaleza como una prolongación del camino o es una palabra, una frontera infinita que se escapa al orden, a lo determinado por la materia?

Mirando al *pater*, a su mole de luto y de muerte, pensé que debía contarle a un experto como él el deseo de acabar con mi hermano por ver si lo aplacaba en su respuesta. Esperaba unas palabras de aliento, de comprensión, algo que bajara de sus labios e iluminara mis tinieblas, una amanecida fulgurante, un vaso de agua en el desierto, la señal redentora de que la muerte sirve para vencer el miedo que le tenemos y una vez liberado de su acoso cotidiano podemos mirarla sin reserva y sin temor, considerándola parte de lo establecido, y, por ello, más alegre, más rotunda, más feraz la vida. Sin planteárselo aún, curiosamente sentí como si me diera aquella respuesta, y sólo el aliento que me proporcionó una fórmula salvadora que no procedía más que de mi bondad innata, decidí hacerlo finalmente sin temerle a su rigor. No recordé

125

que mi hermano, dejado llevar por una sinceridad que sólo sienta hacienda en los seres como él ingenuos, había accionado su ira dogmática al decirle que Dios no era justo. Lo mío era peor. Quería matar a mi hermano, revivir el viejo mito de Caín y Abel en una España en paz, apoyar al infierno. Y esto seguro de que, desde allí mismo, no fui directamente al manicomio militar porque mi hermano —que también estuvo en puertas— nunca llegó a pisarlo. Sí estuve en observación psiquiátrica varios meses y severamente vigilado hasta que llegaron a la conclusión de que mi conducta excedía en calma los límites del pacifismo en un grado tan alto que podía resultar tentadora y paradigmática para los compañeros. A la postre, me dejaron en paz, y el buen humor que me había abandonado retornó con la alegría de sentirme libre. Poco a poco me integré en las costumbres y usos de los compañeros, y un día que bajé al campo de deportes y comencé a darle al balón con la supuesta soltura de mis mejores años, me di cuenta de que el tiempo era una nada confundida de almanaque: unos marineros, de espectadores aburridos, comenzaron a jalear mis evoluciones con el grito homogéneo de un nombre glorioso y familiar: ¡Di Stéfano!

Y, como mi hermano, un Di Stéfano de para ir por casa castrense fui en aquellos lares jugando de ariete en la VII Brigada contra las otras brigadas, hasta que el entrenador de la dotación fija del cuartel decidió que pasara a la misma y reforzara a su equipo, a punto de iniciar el Campeonato Nacional de Fútbol de la Marina. Mi integración en la dotación —y lo que era más importante, en su equipo de fútbol— me trajo un regalo que allí se llamaba «rebajado de guardia», y que, como su imprecisa denominación indica, era una manera de eufemismo para no proclamar que sus

126

integrantes quedábamos al margen de una condena intermitente diaria, a la que llamábamos «hacer garita». No en solitario suponía aquella exención el cómputo de ventajas. Se añadía el disfrute de un mejor régimen de comida y lo que era más de agradecer: bula ante la correa de los cabos furiosos matinales que arrasaban a cintarazos limpios el barracón durmiente.

Contento en mi nuevo destino, si no regalado, el pie anárquico me fue dando confianza desde su tobillo fuerte, y olvidado de quejas y predestinaciones comencé a funcionar como cuando era una promesa goleadora y seguían mi rastro veloz varios equipos de primera hasta que la lesión en Albacete me llevó a la clínica sevillana en la que explotaban, al par y confundidos, el olor a naturaleza y el olor a química, la memoria mágica de Pepillo, Ramoní, Arza y Valero y el recuerdo sangrando de mi novia ausente, vetada su presencia por un padre conservador que no quiso arriesgarse al escándalo pueblerino o a que su hija me quisiera tanto como yo la quería. La memoria es un hecho del alma, y en la enajenación de ser feliz por haber olvidado se hace presente o se repliega para dar paso a la pureza de empezar. Poco a poco, recobré la fe y la fuerza, y aunque el pie izquierdo no se mostraba como lo que fuera, me servía de apoyo estable, seguro. Los goles fueron cayendo y no sé si Di Stéfano, mi hermano o yo llevamos al equipo hasta la final del campeonato, en la que nos hemos enfrentado, en nuestro propio terreno, con el Tercio de Levante y cuyo General de Infantería de Marina le ha hecho una butifarra tácita al comandante de nuestro cuartel, en presencia —nada menos— del Almirante Capitán General de este Departamento, en buena lógica forofo nuestro. El partido, en el que los mandos del cuartel se jugaban el orgullo pasajero de ser mejores a costa del sudor de unos pobres soldados, acaba de finalizar sin que a mí me importe el resultado —al que acompaña otro insospechado, traducido en arresto por desobediencia— sino en cuanto a la tristeza de mis compañeros que han visto cómo se les marchaban una ilusión, un banquete y un permiso. He querido decir, simplemente, que la desconfianza en el tobillo anárquico ha vuelto a dar la de arena cuando más oportuna debía ser su constancia, justo en el último minuto en que el árbitro ha querido equilibrar, barriendo para casa, un resultado adverso de 2-3 y se ha sacado de la bocamanga un penalti a nuestro favor, el cual, de haber sido transformado, nos hubiera traído la oportunidad de la prórroga.

Fue un visto y no visto, una ráfaga, la velocidad del rayo, recubierto, envuelto en un grito unánime de la marinería, en el que, acaso, se perdía también la voz en ruego del Almirante Capitán General del Departamento: «¡Que lo tire Di Stéfano, que lo tire Di Stéfano, que lo tire Di Stéfano!». Un instante, unos segundos, y una eternidad, porque tuve tiempo de sobra para saber que a mi hermano le había pasado lo mismo y tiró el penalti fuera, a las nubes, hacia el lugar maldito donde el destino reclamaba la pelota.

Fue terrible la prueba y, estremecido de memoria, tomé la decisión de escabullirme. Hice como si el tobillo se me hubiera tronchado de nuevo y me lo agarré gritando, revolcado en la tierra. Lloré, fingí, aullé más alto que el coro empecinado cuando se me acercó el capitán entrenador del equipo y, con las venas del cuello como cables, me dijo que era una orden —nunca supe si del Almirante— y que un marinero español no desobedece las órdenes ni siquiera después de muerto. Pero resistí el embate como si por primera vez, decididamente, le plantara cara a mi destino, y vi cómo un compañero echaba el balón fuera y, al mismo tiempo, expulsaba de mí el espíritu nefasto de una mala suerte a la que decidí oponerme.

Ahora cae el agua de la ducha lentamente por mi cuerpo en placas sucesivas de agua que arrastran el barro, la sangre que coaguló de un golpe, la cal de las señales que limitan las áreas del juego. Todo pasa, nada permanece, ni el disciplinado azar se eterniza así llegue a las malas o a las buenas. Incluso la propia muerte ha de entregar su resto a una mayor sanción. Y esto, que es el destino, ¿acaso no fallece? Sí, fallece. Desmaya cuando el hombre dice *basta*, rompe la rueda de las supersticiones, sabe que no es Di Stéfano pero ha nacido libre.

El Chingurri

Andoni dijo pedantemente que en el Sur las nubes no se aliteran, todo lo contrario que en el Norte, donde su repetición espesa de humo es una permanente paronomasia gris. Con las pupilas descarrilando de su simetría, una se le fue al mapa de un país fugaz dibujado por una nubecilla rosa, y la otra se posó sobre la inscripción de la lápida, debajo de la cual reposaban los restos del Chingurri.

Había dicho aquello como si fuera el escondrijo de una lágrima que no quería en sus mejillas, pero que tenía que salir de su corazón apresado por el instante para que el instante no le estallara como el estrambote de un suspiro. Y amparando las mandíbulas en su hombro izquierdo y la sien en el derecho de Bernardo, se sintió estremecido de repente, como si el mundo hubiera doblado las rodillas y no fuera a levantarse más.

A Bernardo y a Andoni los había congregado ese saber seguro de la ciencia que en la seducción del arte se replantea como una posibilidad problemática. Unos días antes de que fueran a visitar la tumba del Chingurri, se habían conocido en Bilbao durante la celebración de un congreso de profesionales de la medicina, convocados al mismo desde la singularidad de que los médicos asistentes debían ser creadores literarios. El lema del congreso, una frase de Paul Valéry, fijaba su sentido en la exclusión que proclamaba: «No hay que llamar ciencia más que al conjunto de fórmulas que siempre tienen éxito. Todo el resto es literatura».

La pequeñez imposible del resto se revelaba en ambos con la fuerza de lo esencial que no ha vencido todavía a lo accesorio de una profesión elegida para poder vivir de ella, y la identificación en las carencias y la necesidad de superarlas hicieron que la simpatía y la amistad crecieran pronto entre ellos como un hallazgo instantáneo de la intuición más que como resultado del viejo contacto que en lo cotidiano enlaza lealtades. No importó demasiado que Andoni se hubiera manifestado como si fuera una rama imprescindible del Árbol de Guernica, ni que Bernardo llevase grabado en la boca el nombre de su tierra. Algo más sutil los unía al destino inabdicable que el azar ordena en la determinación de lo que no escogemos, sino que nos elige con la autoridad de una pasión. Y, no tanto movidos por el interés en averiguar las causas profundas del suicidio del Chingurri como por el que se les iba convirtiendo en la incoherencia súbita de un ciclón presentido, el viaje desde Bilbao al Sur les sirvió para ahondar en el conocimiento mutuo y comprender que las fronteras entre países y las diferencias entre razas e ideologías son simples operaciones del hombre reducido que no quiere enfrentarse con el desvelo de su libertad.

Andoni amaba a su tierra hasta el desatino, como Bernardo a Andalucía y, sin embargo, se entendían mejor entre sí que cada uno de ellos con muchos de sus paisanos, hasta que comenzaron a comprender que el amor a un país o a uno mismo no se sirve en la causa sin que se cumpla el efecto de prodigar sus dones en otras latitudes y otros hombres.

El Chingurri, lejos de su tierra cuajada de verde

dócil, lluvias lentas dominando las estaciones y músicas nostálgicas que le añadieron más espíritu a su cuerpo, se había quitado la vida en un pueblo de Huelva, al que fue a morir para que Rosa no le faltara en la muerte como le faltó en la existencia.

Andoni se lo había contado a Bernardo como si el acto extremo del Chingurri lo fuera excepcional: un vasco que elige una tierra ajena para morir; una mujer joven y hermosa; un murmullo de sombras como un tijeretazo en los sentidos.

Rosa, hija andaluza de inmigrantes andaluces, siempre que acariciaba mecánicamente al Chingurri le estaba pidiendo con los labios o las manos que si moría antes que él la llevara a su pueblo ceniciento de casas blancas con el destello espiritual de unos moradores que saben seducir al sol con su pobreza encalada. Y, en el triunfo del amor, el Chingurri le juró mil veces que lo haría y que iría con ella hasta la tumba sin que la mitad del alma se le quedara junto a los soportales queridos; junto al tambor monocorde de los motores de los pesqueros y el olor a sardina de la brisa, patria de los domingos cuando el aurresku, la espatadantza el txorxiko preñan de luz ritual las nubes de la ría con el ritmo mojado del tamboril y la mistérica heredad del txistu.

Andoni vio por primera vez a quien iba a ser tan importante en su vida cuando relataba el suceso a unos compañeros del congreso en el bar del Hotel Aránzazu, y, al contacto de los ojos y al punto del relato amargo, al andaluz se le llenó de niebla la mañana y el vasco experimentó en su resistencia la sensación rotunda de las plenitudes solares. Intercambiaron terruños de repente, como intercambiaron el tópico de los andaluces bajitos y los vascos grandes Rosa la Bella, uno sesenta y ocho de estatura, y el Chingurri

—el hormiga—, pequeño y afanoso tal su sobrenombre de acarreo constante en la casa de comidas que ambos poseían en Sestao señala. Ella, afincada en la costumbre espesa de los días, y él, desordenado en sus entrañas por el fulgor de Rosa, habían convivido durante diez años en la monotonía y en la punzada, respectivamente. Hasta que don Raúl, el joven médico soriano, apareció inaugurando un sueño y multiplicando una inquietud que iba a convertirse en tortura.

Andoni relató, ya solamente para Bernardo, lo que a él le contaron en Sestao. Que parecía quebrársele a Rosa el tallo de su firmeza y encendérsele el rostro con el color de su nombre si don Raúl llegaba deteniendo el mundo con los ojos de imán, una elegancia de principalía en el pelo trigueño y unos labios de adormidera. Y que los parroquianos, con sus bromas pesadas, le hicieron al Chingurri la herida en el pecho que ella nunca le hizo realmente, aunque los celos se la ahondaran.

Bernardo le había comentado a Andoni que lo malo del sufrimiento no es el dolor en sí, sino la manera de acogerlo si la acogida se hace colaboradora del daño. Si todo conocimiento procede del dolor porque en él las cosas se desnudan hasta enseñar sus causas, mientras que el bienestar no vuelve la mirada, ni observa ni se reparte como el don absoluto de la plenitud —lo sea en la alegría o en la tristeza— en la forma de recibirlo está latiendo el germen de su metamorfosis.

El Chingurri no poseía esa fortaleza sino un viento fuerte y seco en las venas que le llevaba el alma como cuando la galerna enfadada del Cantábrico le ponía alas caprichosas de zarandeo a su cuerpo pequeño y menudo. En su turbación, propensa a sentir una infidelidad que no dio el paso hasta el adulterio, no fue Rosa la Bella quien lo impulsó a matarse, ni las risitas o las indirectas crueles de los clientes de su casa de comidas, ni don Raúl con su apostura, sino en la comparación que hizo el Chingurri de sí con sus fantasmas. Fue su manera de aceptar el dolor cuando se acoge como la compañía de la muerte, a la que se abocó desde entonces como si en ella tuviera seguro lo que la vida empezaba a quitarle.

Andoni le había detallado a Bernardo cómo un día, sin despedirse, el Chingurri puso rumbo definitivo al Sur, en donde esperaría a Rosa bajo tierra. Cuando desde Bilbao a Huelva ellos recorrían el mismo camino que se reparte entre mieses y páramos, el paisaje se les hizo espejo de sus vidas de hombre con su antagónica representación de la luz y la sombra. Una llaga y un beso. Un claroscuro en el que gana la esperanza o el miedo vence. Un llano, un terraplén. No dudó el Chingurri porque la debilidad no duda y llega a conclusiones extremas, propias de su complexión misma. Eligió la eterna soledad, pero con Rosa, antes que con su fragancia compartida. Para acabar con el mundo que lo había maltratado, se voló la cabeza de un disparo en el sitio donde Rosa la Bella quiso perpetuar su aburrimiento antes de que llegara don Raúl.

Andoni levantó la cabeza y encarriló ambos ojos hacia el camino de la nube rosa, en rumbo hacia Occidente. El viento se llevaba una patria, teñida de rosa como un último homenaje del sol bajo al desconsuelo, hacia la nada, hacia el olvido. *Rosa* —se dijo Andoni—, un nombre, una nube que ya tendría ese nombre siempre, por más que se perdiera de vista dejando por la tarde el emblema de un cataclismo de ternura arañada. El cielo y el infierno. El frescor y la llama. El azúcar, la sal, la miel, el acíbar. ¿No fue gozo el dolor del Chingurri como en el desasosiego que él sentía? Porque fue entonces, sobrecogido en una em-

briaguez que hizo temblar la tierra al comprobar la
mano de Bernardo ajustada a la suya, cuando sintió
que en el Sur de cielos despejados también las nubes
se aliteran, rompen los rayos en la claridad y se
desencuaderna el tiempo al mandato rotundo de la
sangre; cuando se dio cuenta de que un cuchillo
imparable y dulce le visitaba la carne sumisa y que no
quería que nadie se lo sacara porque le haría daño,
un daño femoral, definitivo, como el sufrimiento del
Chingurri. Y de que todas las patrias reunidas no
ocupan la extensión de una caricia.

La marcha verde

Y el séptimo día hizo Dios el Beti güeno.

(Pepe Prados.)

Los sevillistas, que si saben poco de la vida saben menos de la historia, dicen que su club es más antiguo que mi *Beti güeno* y que se fundó dos años antes que mi niño de mis entretelas. Dicen que cuando ellos empezaron a andar nosotros estábamos todavía en pañales, con lo que de paso quieren decir que andábamos manchando el mundo cuando ellos ya le daban patadas a un balón. Cosas sin gracia y, lo que es peor, sin enjundia, porque si sus madres los hubieran hecho béticos en vez de lo que son, y que no digo por respeto a la gente de circo, sabrían que, antes de venir al mundo, el Cristo del Cachorro ya existía entre *nosotros* como Dios único y verdadero. Verse no se veía. Pero ya estaba. Les pasa como a la gente de la puerta de Jerez, que como no toque no ve. Cortitos que son y poco que han ido a la universidad de la calle. Porque se da una cosa que no todo el mundo sabe observar: los sevillistas, cuando salen solos, se pierden por todo lo que no sea calle Sierpes o avenida de Luis Montoto, a la que también le llamamos la Vía de la Amargura, y sobre todo los domingos por la tarde, tras el partido, que aquello tiene más lágrimas que la cara de la Esperanza o un serial de Sautier Casaseca. *La senda de los elefantes*, le decimos, todos con la trompa enfilando el suelo, más para abajo que la minga de un esquimal. Y todo porque no saben perder, porque no han aprendido a curarse las heridas, porque se creen gigantes y, después, a la hora de la verdad, tienen el orgullo como los conejos, más escondido que el talento de Manolillo el de las Vacas, aquel defensa del Sevilla que veía una apisonadora de Entrecanales y Távora rodar y se creía que era una pelota. Nosotros, sin embargo, vea usted, compadre: que se pierde, tres fandangos más, tres sevillanas más para ahuyentar la tristeza, que somos los Reyes Magos de la simpatía, siempre repartiendo colores por ahí aunque la procesión vaya por dentro. Más pasos, y malos, tenemos que el Viernes Santo, todo hay que reconocerlo. Pero quien haya visto llorar a un bético, o sufre del coco o ha visto a un sevillista por Carnaval, disfrazado de verdiblanco, para desprestigiarnos. Eso lo hacía un menda portugués que se habían agenciado los de la oposición para darnos coba. Lo vestían de bético y lo echaban por la avenida con nuestra indumentaria gloriosa, *berreando* muuu muuu. Pero hasta que no le daba por imitar a su padre, o al padre del que lo alquiló para que hiciera de «Islero», cualquiera que se lo topara creería ver un hincha de mi *Beti güeno* si antes no hubiera reparado que, en vez de escudo, coronado con trece barras en su triángulo, lo que llevaba donde la parte del corazón era un par de cuernos más lustrosos que los zapatos de un *cantaor* de flamenco. Estos de la oposición siempre con groserías, poca clase que tienen, por mucho que digan y digan de su alcurnia, que si patatín patatán sobre sus familias cortijeras y que los béticos somos todos o betuneros o taxistas o rojos. La imaginación que no tienen para saber perder la tienen para inventarse padres millonarios, veraneos en Marbella y títulos de

142

marqueses, cuando todos sabemos que con padres a secas van que chutan, veranean menos que los pingüinos, tienen menos títulos que el Lebrija Deportivo, y a lo suyo, de llamarle imaginación, es porque la gente confunde eso con la fantasía, que ahí, sí, tienen más fantasía que el que se creyó la Torre del Oro y empezó a montar ciscarda con su uno treinta de estatura y las tres perras del paro. Pues así son los sevillistas, como el que se libró de la *mili* porque la frente le hacía palmas con las rodillas y porque se dicen ricos teniendo más trampas que un león suelto en Los Remedios. Mucho aparentar y, luego, si escuchan *Madriss* se creen que a alguien le ha dado el repenque, el tembleque del estornudo. Mucho decir que si hermano del Hermano Mayor del Gran Poder o Presidente del Círculo de Labradores, y cualquier día te lo encuentras de Esnaola en una discoteca, parando los balones envenenados de los chorizos que se quieren colar sin pagar la entrada. O de loteros en el barrio de Santa Cruz, de *luteros*, vamos. Muchas ilusiones, muchos desvaríos y muchas ínfulas de grandeza, menos los domingos por la tarde, que la procesión del Silencio parece esa cola interminable de cabeceras de duelo. Yo ya se lo dije a mi hermano, que, el gracioso, es sevillista, porque de todo tiene que haber en esta viña del señorito que es la Andalucía de nuestras entretelas. Se lo dije como hay que decir estas cosas a las personas que no se puede dejar de querer a pesar de su antibeticismo, cabalmente. Mira, hermano, déjate de fanfarrias, que tu ropa, como la mía, y a veces es la misma, nos la han comprado siempre en el baratillo. Él me contestó algo que le habrá escuchado a algún mamahostias de esos que lo explotan y lo tienen todo el día de recadero, que más zancajazos da, por tres perras chicas, que el Antonio Gades. Me dijo que la ropa luce según quien la lleve puesta, y, lo que más me dolió, que a ver quién se viste de blanquiverde sin que lo confundan con una cotorra. ¡Va a comparar! Ellos, todos de blanco, como si esto fuera el Polo Norte y su camiseta representara a la nieve de estos pagos. Ese blanquillo indeciso, de muerto proyectado a quince días vista. La pureza, dice que significa, cuando están más embarrados que San Mamés, con más lodo en las piernas que los camellos de los Reyes Magos. ¡Va a comparar! Ese verde de los campos del Rocío y ese blanco que, con el verde, quita el sentido como la Blanca Paloma al destacarse entre los pinos. Ese verde macho, masculino, varón que significa la hombría, y ese blanco acostado con él, matrimonio perfecto. Pero los sevillistas no entienden de matices, qué va. Los sevillistas, si van al cine y ven una cebra, le quieren pintar las rayas, y es que son así de cortos y de planos, que parece mentira que hayan nacido al pie de la Giralda, tan mirando arriba como un suspiro bético hacia el cielo. Que no exagero, compadre, que cuando la directiva del Sevilla fue a Santiago de Compostela a ganar el jubileo, ¿sabe lo que se le ocurrió decir al presidente? Que sí, que todo aquello era muy bonito, y que los gallegos, fetén, que el lacón con grelos estaba superior, pero ya podían darle una manita de cal al Obradoiro y que volverían otra vez encantados de turismo por Galicia, pero cuando las rías estuvieran bajas. No te jode, vaya una representación andaluza. Fueron a ganar el jubileo y ni lo empataron. Luego cuentan lo que cuentan de nosotros. Y eso sí que no, porque yo, a mi Andalucía, la quiero tanto como a mi *Beti güeno*, que para eso su bandera es nuestra camiseta, de la que los junteros —toma respuesta a eso de que nacieron antes que nosotros— cogieron los colores, igualitos, ya pueden decir que si los moros y no sé qué. Cuentos chinos que se inventan los exsaboríos blanquillos para quitarnos el decanato, como se inventan otras cosas para quitarnos la simpatía que hemos derramado hasta en Rusia, mi *Eurobeti güeno*, adonde si ha ido alguna vez un sevillista sería con Muñoz Grandes, de trompetilla en la División Azul. Y mire usted por donde, compadre, a lo mejor la afición al blanco les viene por ahí, por aquellos manchones de nieve. ¡Si parecen heladeros! Y de las trompetas que se han buscado, ¿qué me dice usted, compadre? El inglés ése, el Vállace, que tiene nombre de lo que te suele decir un patrón cabreado. La moda que ha traído con las trompetas, con lo bonitas y lo nuestras que son las palmas por sevillanas. Dentro de nada, los romanos de las procesiones, a los albañiles, y los de las bandas de música, en el Torviscal, tocándole a las ovejas por falta de público o tocándose para ellos, predicando en el desierto del Sánchez Pizjuán con las trompetas del Apocalipsis, qué malángel de palabra, compadre, todos como vacas afónicas, entre Juan Breva y La Perrata, pero con mucho ganado por en medio, que eso es lo que se me asemejan tan igualitos, tan repetidos, tan paliduchos con los uniformes blancos que parecen hechos con telas de puestos de turrón, huevos duros sin sal, merengues sin azúcar, sábanas con el fantasmita dentro, diciendo que van a fichar a Maradona, y luego sale el pibe en la tele y le pone el caramelo en los labios: que si de volver al fútbol español le gustaría jugar en Sevilla, que qué ciudad más linda, que si no veas qué afición más buena y, de pronto, el periodista que le recuerda que, aquí, en la tierra de María Santísima, hay dos equipos, que en cuál. Y con los ojos negros de gaucho cada vez más verdes por la esperanza, dice que, naturalmente, en el Betis, en mi *Beti güeno*, ja. Media Sevilla salió aquella noche a la calle a cantar por Carlos Gardel. Media Sevilla echó al aire sus campanas. Media Sevilla se emborrachó de orgullo. Y la otra media o se acostó antes de tiempo o empezó a decir que Maradona tenía más kilos que Fraga o que estaba de los remos igual que El Cojo Huelva. ¡Si no saben perder, compadre! Y lo que es peor: no saben ganar. O porque los mediocres no asimilan para las vacas flacas o, sencillamente, porque no están acostumbrados. La experiencia es la madre de la ciencia y más sabe el diablo por viejo que por diablo. Si el Maradona hubiera dicho que del Sevilla, a nosotros nos hubiera dolido, claro, pero, aparte de que esa respuesta es impensable porque estos fenómenos buscan lo suyo, habríamos reaccionado de otra forma más fina, más propia de nuestra clase de gente, que es sabia aun sin saber leer. Y de hecho, compadre, la respuesta ya la habíamos dado nosotros hace mucho tiempo, antes de que Maradona se *colara* por el Betis y le largara al Sevilla eso de *no sólo no te quiero, sino que te lo digo, fea*. El caso es que estaban tres béticos de palique y, con la euforia de la goleada al Madrid, uno dijo que íbamos a ser campeones de Liga, y otro, al que le pareció poco, que íbamos a ganar la copa de Europa. Y el otro, para empatarla, que íbamos a fichar al Maradona. La verdad es, compadre, que, aunque Maradona ya era lo que es y jugaba en el Barça, no le había devuelto todavía a Inglaterra la bofetada de las Malvinas, los dos golazos, vamos, de Puerta del Príncipe que le metió él solito, saltando más que un gamo por entre las ballonetas británicas y pareciendo que, de un momento a otro, iba a tomar más tierra que el que le preguntó a la azafata recién en paz con Dios. Y lo que no puede olvidarse, compadre. Que en aquellos momentos la delantera del

Betis la formaban nada menos que García Soriano, López, Eulate, Cardeñosa y Benítez. Así que todo es relativo, según se mire, porque, si aquella caballería funcionaba bien, ¿para qué cambiarla? Y es que lo que dijo uno de los tres de la tertulia hasta tenía su punto de razón: *¿Maradona? ¿Y a quién vamos a quitar para poner a Maradona?*

La noche en que el Maradona dijo que le gustaría jugar en el Betis, media Sevilla se estremeció y a la otra media le dio el jamacuco. Fue lo mismo que la noche de la primera Copa del Rey, la de fútbol, por supuesto, que le ganamos a los chicarrones del Norte. Ese día, en Madrid, bailé hasta la polca. Qué digo ese día, esa semana entera, que siete días anduve de *Beti, Beti, Beti*, bailes, cantes y mollate. Y cuando, ya con la garganta con menos voltios o decibelios, o lo que sea, que don José María Pemán en sus últimos años, volví para Sevilla, todavía venían béticos en el tren. Con aquella copa la patronal hizo su agosto, más gente se quitó de encima por la vía rápida que el Cassius Clay aquel de los guantazos. Pero todos contentos, como con el gordo, menos la María, que me dejó ir porque pensaría que iba a volver como siempre, más viudo de Copa que la Pantoja de torero. Yo soy forofo, compadre, hasta cuando el Betis gana, y eso está tan en la sangre que si hay que perder el empleo se pierde y santas pascuas. Cómo no iba a celebrar aquello como merecía, una bendición, otra, otra y otra, de vino y de cante. Total, por una vez... Lo que pasa es que la gente no estudia lo que ocurre. Yo tenía un amigo de Montellano, que en gloria esté, que explicaba el beticismo diciendo: *esto es como la cacería. Se sale a cazar, se sale a ganar; pero si no se caza ni se gana, la afición aumenta.* Con dos cojones. Y si se presenta el pájaro y ese guarda siempre más presente que la gracia de Dios, el Iríbar, que bien está entrenando, se despista, plomazo a la pechuga y Copa para Sevilla. Que lo nuestro es perder, pero con lunares, o sea, que hay que exagerar para que el contrario se confíe. Si no, de qué la gloria y las copas. Más copas tenemos que el Beni de Cádiz en su cuerpo caletero. *Manque pierda*, sí, pero somos el único club de España que ha sido campeón de todas las categorías. A ver cuándo los de la oposición van a ser campeones de Tercera. Y somos el primer equipo que ganó la Copa de Su Majestad el Rey. Y el primero de la mitad sur de España que ascendió a Primera División. Y el único equipo español que le ha ganado por cinco a cero al Bayer de Múnich, qué alegría, compadre, para los pobrecitos emigrantes, y qué juerga aquella noche: ardería hasta la nieve. En fin, qué le voy a contar. Con decirle que el único equipo de España que le inauguró dos veces el campo a su suegra, y no hace falta que diga quién es, y le metió la *bacalá* dos veces, es el Betis, ya está dicho todo. Qué arte. A mí me gusta que el Sevilla pierda hasta cuando no juega. Pero si pierde con nosotros, eso, bocado de Aguirre Gonzalo, el del Banco Español de Crédito, quien, fíjese lo que son las cosas, compadre mío, una vez llegó a decir, siendo vasco y millonario como es, que le caían bien la *Ugeté* y el Betis. Caprichos de señoritos, que también los ha habido béticos. Señoritos pero caballeros, como el que le dije, Pemán, a pesar de ser gaditano. Por más que, usted dirá, ¿qué diferencia hay entre Cádiz y Sevilla? El mar. La mar, como dicen ellos, que son para nosotros como don Joaquín para don Serafín Álvarez Quintero, y no como el Sevilla, Caín. Caín intentando hacerle la vida imposible a Abel. Pero aquí, en Serva, no. Eso fue en la Biblia. Si aquí muere alguien, de blanco. Como el bético de toda la vida que

148

reunió a sus hijos cuando se estaba muriendo y les dijo: *Hijos míos, apuntadme de socio al Sevilla*. Los hijos le habían salido ranas, o sea que lo habían traicionado y eran socios daltónicos, de esos que todo lo ven blanco, como la vestimenta de su equipo. Y el hombre, a la vejez, en su última hora, se quería apuntar al Sevilla. Pero, ¿sabe para qué, compadre de mis carnes? Para que se muriera un sevillista en vez de un bético. Qué corazón más bueno debía de tener aquel hombre. ¡Bético puro! Los béticos somos caso aparte, y no hay más que ver cómo nos reciben por ahí. Te vas a Alicante y la gente dice: yo soy del Hércules y, después, del Betis. Te vas a Valladolid y te dicen lo mismo, cambiando el Hércules por su equipo y poniendo la *ese* de Betis como si fuera el silbido de una olla *express*. Te vas a Barcelona y, bueno, en Barcelona es que ya es el colmo. Aquello es como Sevilla con diez o doce sevillanos más. Y lo que es más bonito: sin tener que descontar el cincuenta por ciento para los blancos. Los blancos, vaya tela. Como si acaso nosotros fuéramos los indios. Blancos de envidia se ponen cada vez que el Betis sale por ahí y si no se trae los puntos se agencia el cariño de adonde vaya, que parece que vamos repartiendo aguardiente de Cazalla y tortas de Inés Rosales, polvorones de Estepa y mostachones de Utrera. Y qué es lo que repartimos, compadre: simpatía y gracia, elegancia y cosmopolitismo, porque el Betis, mi *Beti güeno*, tiene, aparte de en el Benito Villamarín, oséase, en Heliópolis —nombre griego puro, como diría Garmendia—, su patria en el mundo. Que sí, compadre, lo que yo le diga: a ver, ¿quién es el equipo que ha puesto la verdiblanca más lejos? Dentro del continente, el Betis, que llegó hasta *Tibilissi*. Y no hablo de América, porque con tantos gallegos como hay por allí, hasta el Celta ha ido para celebrar no sé qué de la Casa Regional de Pontevedra. De la bandera no hablemos. La bandera, porque es la de Andalucía, lo dice todo en su lema: por sí, por España y por la Humanidad. Igualito que la del Sevilla, que es por sí, por Los Remedios y por el barrio de Nervión. Ea, que no llega a Triana. Y, compadre, ésta sí que es una palabra mágica. Decir Triana es como decir cielo, como decir Dios, como decir Betis. Porque béticos buenos los hay en cualquier parte del universo-mundo. Yo los he visto en Rusia, cuando fuimos a Moscú, y, finalmente, hubo que jugar en el quinto pino. *Beticov, beticov*, gritaban como si el Betis fuera su equipo, y hasta a mí, que en la vida me he visto en otra más protagonista, me hicieron firmar autógrafos, con unos lápices más toscos que Campanal, que parecían haberlos fabricado los leperos con encinas sin pulir. Qué gente, compadre. Allí estaban todos los científicos que descubrieron el Polo Norte y el Polo Sur. Para comer no tendrán, pero más pieles que la Preysler, cuarenta veces. Y lo que saben de España, tampoco es moco de pavo, no. Qué interés por esto, por Andalucía, Antonio el bailarín, Raphael, el Cordobés, el *Beti güeno* y, hay que ser sincero, el Real Madrid de Kopa, Del Sol, Di Stéfano, Puskas y Gento. Cómo querrán allí al Real Madrid que hasta me pusieron celosillo. Claro que todo infierno tiene su parte de cielo, la Ava Gardner, por ejemplo, y si hablaban de los blancos se referían a los que más alto llevan ese color, el otro Real, y no a los del Sevilla, que, como blancos, están más devaluados que la moneda de Marruecos. Pues como te iba diciendo, por *hache* o por *be*, llamémosle *equis*, béticos hay hasta en la misma secretaría del Sevilla, y no digamos en El Arenal, San Lorenzo, Santa Cruz o El Porvenir. Pero Triana es mucha Triana.

Cómo será de bética Triana que los de la oposición, aprovechando que a los de Franco se les atragantaba la realeza de nuestro título y nuestra corona y lo popular de nuestra afición, se buscaron las influencias para colocarle al lado el barrio de Los Remedios, donde hay más blancos que una academia de *policías secretas*. Moderno todo, sin solera, al rebullón, sin apenas Sevilla, la de los naranjos, las mañanas fresquitas, los patios oliendo a azahar, las callejuelas o el olor fuerte a brea del puerto pesquero. Mucha Sevilla vieja y mucha Triana eterna, a la que el Betis le rindió su homenaje de la mejor manera posible: poniéndole a su filial el nombre de donde mejor se ha cantado *jondo* junto con su apellido de Balompié, lástima que después le quitaran al equipo de los chavales un nombre tan flamenco y tan marinero. Tanto me ha dolido a mí esta desaparición, compadre, que es la única medida que no acato de la directiva, siendo, como soy, tan disciplinado en estas cosas vitales de mi Betis. Y no se vaya a creer que en este asunto me ando de tapadillo. Hasta al mismo Retamero se lo he dicho: Gerardo de mis carnes, ¿por qué habéis cometido ese sindiós? Se le puso la cara de boba de pan, se le puso, compadre, de pan con jamón, más colorado se puso que Soto el de Comisiones. Pero el *presi*, al que aparte de esto del Triana hay que quererlo, se recuperó y no le quiero decir la labia de leguleyo funcionando: que si antes de hablar hay que conocer las cosas, que si a él le echan las culpas hasta del descenso a Tercera y, total, que el que le quitó a los niños el nombre de Triana fue Mauduit. Al final, amigos como siempre, porque, usted me dirá, si uno puede tenerle inquina al presidente. Tenerle manía a Gerardo, siendo bético, es como que un católico se la tenga al Papa. Y no se vaya a creer que me callé ante su diccionario en doce tomos. Qué me voy a cortar yo. Le contesté que bien, que no fue él el que le quitó el nombre. Pero que él mismo en persona es quien podía devolvérselo. Compadre, usted a lo mejor no lo comprende. Prescindir del nombre de Triana en una institución como la nuestra es como ir a pescar sin anzuelo, como salir de penitente en calzoncillos o como ir al barbero y que te ponga una peluca. Triana no es que sea el Betis, pero es su mejor pulmón de *oles* y palmas. Y borrarla de nuestro equipo es como borrarnos a la niñez y el tiempo en que uno empieza a maquear. No ya a mí, sino a Quino, un escritor del regate; a Isidro, que era el marqués de las Marismas del Guadalquivir corriendo; a Cristo, que, por marear, se mareaba a sí mismo; a Dioni, un gamo con botas. Y a Telechía, Antón, Bizcocho, tres luchadores que ya quisiera Purk, *El hombre de piedra*, el de los tebeos. Ahí es donde hubo más Betis genuino, más amor a la causa y más mezcla de clase y valentía. La de cal y la de arena que nos caracteriza. Y si el espíritu ya venía de antes, ése fue el impulso canteril más serio, el anticipo de los Gordillo, Parra, Reyes, Romo o Gabino, los cachorros *güenos*. Y todo se lo dije a Retamero, al que, dicho sea con la mano en el corazón, hay que comprender con tanto lío como tiene que dirigir. La gente se cree que todo es sentarse en el palco los domingos. La gente es que no se da cuenta de que las peñas tienen lo suyo, ni de que un club no es sólo el equipo, sino también los servicios médicos, la secretaría, el equipo técnico, los encargados de la limpieza del estadio, los porteros y acomodadores y, en fin, compadre, los filiales, que, como en eso de Iberia, son los únicos que reciben más atenciones que los jugadores del primer equipo. Ésa sí que ha sido labor. Cualquierilla tiene un equipo en Primera, otro en

Segunda B, prácticamente de juveniles y batiéndose el cobre con esos defensas que fueron de Primera y son como los toros, con perdón, de ueltos al corral; tres equipos juveniles en la Liga Nacional, que ni el Barça y el Real Madrid pueden presumir de eso con todos los millones del mundo; los infantiles, seis infantiles, seis, y los alevines, que no se puede aguantar lo bien que juegan y llenan de gloria los domingos sevillanos. Hay que comprender a Retamero, compadre, y no sólo porque este club sea como un Corte Inglés del fútbol, sino porque, además, luego viene la política, el tacto que hay que tener en la vida y muchos quilates de diplomacia, no vayan a enfadarse los periodistas, el García ese de Madrid que parece que habla con el pito de caña de una murga; los de aquí, que no los vaya a olvidar si les da la ventolera y se ponen, de repente, todos vestidos de primera comunión, o el Bacilalupe y el Maricharla de la Televisión Española, a los que vamos a tener que mantearlos o ponerles un piso en los Monegros. No te jode, un perro hablando, el día del Zaragoza. Vamos ganando tres a dos en La Romareda y cuando van a sacar los maños un golpe franco dice el primero que a ver si la suerte los acompaña. Eso se lo hacen al Madrid o al Barcelona y el locutor termina en el Norte como un guardia civil indisciplinado o lo remiten a Inca para siempre a comentarle los partidos al Constancia. Pero nosotros somos andaluces, españoles de segunda, a pesar de nuestra cultura, que nos comparamos con ellos y, a nuestro lado, todavía están en el Catón. Pues eso también tiene que lidiarlo Retamero, y cosas más delicadas, como la del Papa del Palmar de Troya, que quería hacerse socio del Betis y acudir al Villamarín los domingos con toda su *jarca* de cardenales y mangurrinos, bendiciendo a destajo hasta que le gritaran

153

eso de *Clemente, bujarrón,* y comenzara a llevarse la mano izquierda a la coyuntura del brazo derecho y ahí fuera la batalla de almohadillas o lo que cogiera a mano. Fíjese el plan, compadre. Todos los obispos de complemento y todos los obispos consortes, las monjas y las viejas rosario en ristre en la tribuna y los sevillistas de cachondeo, diciendo que eso es lo nuestro, palmar. Por eso, Retamero, que se las sabe todas menos la del Triana Balompié, le contestó a Clemente que las cosas del cielo no hay que ligarlas con las de la tierra y que al Betis lo que es del Betis y a Dios lo que es de Dios. Pero con lo del Triana Balompié es que está más emperrado que Antonio Gala, el de las cartas de *El País.* Y, nones, con lo que supusieron de estilo los chavales al pasar al primer equipo, el cambio, compadre, porque, aunque esté mal decirlo, antes de los Quino, Cristo, Dioni y los demás, el Betis hacía fútbol vasco, balonazo para allá y balonazo para acá, que al Tamarguillo había que ir a veces por los balones. Sólo faltó que del Triana hubiera salido Rogelio, quien, por sus cosas raras de Cagancho de la pelota, era como si un club de fútbol hubiera podido parir a su medida a un ser humano, con todas sus virtudes y con todos sus defectos. Qué ángel, qué duende tenía Rogelio cuando estaba inspirado. Y qué mandanga cuando se ponía samborotúo. Ni Curro, o como Curro, que destapaba el tarrito de las esencias y Pelé era un leñador a su lado. Qué arte, compadre, con aquellas manos de artista que tenía en los pies, un poco distraídos, eso sí, de par en par, casi a las tres menos cuarto de la tarde. Como Curro, que tampoco es muy bonito por donde las zapatillas y, sin embargo, todos decimos *cómo anda mi Curro de mis entrañas, es torero hasta paseando.* Si lo miras bien, anda peor que una casa de familia con veinte duros. Pero el amor

154

no es que sea como el papa Clemente, sino que está basado en algo que esconde defectos. Y ese algo qué es, compadre. El embrujo, el duende, la bendición de Dios. Te pone Dios la mano encima y ya te puede entrar la piorrea, que ligas más con las tías que ligaban Cardeñosa y Morán en el campo. No te la pone, y como Luis Aguilé. Pues Rogelio tenía un don a veces, y a veces parecía que lo hubiera mirado un bizco. Más zangolotino se ponía cuando le daba el avenate que Rafael de Paula. No lo movía ni el alcalde de Jerez, que está moviendo hasta la Colegiata, venga obreros en las calles, venga piedras para arriba y abajo, venga tirar chalés y poner jardines. Ni Iriondo lo movía. Todos haciendo flexiones, dando carrerillas, todos saltando en los entrenamientos más que e' Miguel Ríos, y Rogelio más parado que el caballo d'el fotógrafo. *Rogelio, corra; Rogelio, corra*, empeñado el vasco, y Rogelio más quieto que Ojeda. Y el vasco que no cejaba, metiendo gasolina, hasta que se fue a por él y le preguntó por qué no corría. Ya usted sabe, compadre, las cosas de aquí no pasan en ningún sitio. Que somos de otra galaxia, vamos, y somos capaces de reírnos de nuestra propia sombra. Menos del Betis, de todo, nuestra propia sombra incluida. Si mi hermano se ríe de mí y yo me río de él, e incluso lo agradecemos, ¿por qué no se iba a reír Rogelio de Iriondo? Hombre, no es que se cachondeara de él, o, mejor, que se cachondeara sin gracia, que hay diferencia. Con gracia, todo vale. Yo le digo a mi hermano que se le está poniendo la cara como el lomo de un garrapatero. Y él, que tampoco es manco, me dice que a mí se me está poniendo de interferencia, por las rayas, compadre. Él me dice a mí que el Sevilla tiene más jugadores en la cantera que el Betis. Y yo, que no soy racista ni viendo una película de nazis, le contesto que lo que él diga, pero que hace nada de tiempo tenían dos hijos de puta negros en el equipo. Él me viene con el cuento de que el Sevilla es el equipo de los intelectuales, vete a saber quién le ha dicho eso. Y yo, que soy el único de mi casa que ha llegado a cuarto de Bachillerato, me cebo ahí. Fíjese usted, compadre, quiénes son esos señores en las letras: Nadal, Serna, Paz. Nosotros empezamos con Cervantes, el portero, y terminamos con Calderón, el extremo izquierda. No será de la Barca, pero es Calderón. O sea, que acabamos con el cuadro. Como acabó Rogelio cuando Iriondo, metiéndole las manos por la cara, le dijo: *¿Por qué no corre, Rogelio?* A lo mejor aquella mañana se le había ido la mano con el tinto y, por la tarde, aún tenía en el cuerpo los humores del alperchín, engrasadas las ganas de fiesta y en plan gamberro, que es lo que pierde a los artistas. Los artistas son así y de esa forma de ser y comportarse es de donde viene todo eso de que sale el sol por Antequera, se fue por los cerros de Úbeda y salió tarifando. Salidas del personal, que es poeta aunque no escriba versos. Poeta, nada de payaso o caricato. Los caricatos te hacen reír a lo basto o a lo natural, como la vida misma. Los poetas se sacan la pena a la alegría de más adentro, te hacen visible lo que no se ve, te lo descubren. No me refiero, compadre, a los letristas de Marifé o la Jurado, que ésos a lo que van es a que las palabras peguen. Me refiero a los que recitaba poniendo voz de viuda melancólica *El loco de la colina*, pobrecito mío, en un sanatorio, con lo que nos acompañaba a los que nos gusta dormir la mañana. Qué bonito y qué hondo. Unas veces, triste. Otras, con una tristeza que daba alegría. Y otras, con un cachondeo entre lo oscuro que daban ganas de retozar. A mí el que más me gustó fue Quevedo, al que el vulgo, los sevillistas, confunden con el Quevedo de los chistes. Me puso a cavilar el tío con sus remates, que ni Rincón, y a retorcerme como Álvarez cuando lo parte por la mitad Gabino. A retorcerme de risa. Pues como lo de Quevedo fue lo de Rogelio con Iriondo, de dejar al vasco de una pieza, compadre. *Rogelio, corra. Corra usted, Rogelio*. Y cuando Rogelio, que había estado más callado que un diputado segundón en las Cortes, le contestó que no corría, y el otro, dale que te pego, tropezó en la misma piedra, fue el coriano y le dijo: *No corro porque correr es de cobarde, mister*.

Mister, dése usted cuenta qué palabra, compadre. Bética pura. Y no, no es que yo ignore que es una palabra inglesa. Mi ignorancia no llega a tanto. Le digo que es bética pura y yo sé lo que me digo. ¿No le conté antes que, ahora, los del Sevilla se han traído un técnico inglés con nombre de despido sin indemnización? Pues para que usted vea con el retraso que van, más a deshora que los canarios de las islas: el primer club de España que se trajo un *mister* fue el Betis, O'Connell se llamaba. Por eso mismo van largando por ahí los *heladeros* que al Betis lo fundaron los ingleses que andaban por Sevilla a principios de siglo. Y, luego, que lo hicieron para dividir a los españoles, que somos unos antipatriotas espías y no sé cuántas paparruchas más propias de seseras secas. Lo que es el desconocimiento, y no digo la mala leche por mi hermano, que mamó la misma que yo. Pero, ahora, a tragar. ¿Quiénes son ahora los antipatriotas? Lo que le pasó al Betis es que, como le cae bien a todo el mundo, había un inglés en Sevilla que se llamaba Jones y que parecía estar cortado por las mismas tijeras que nosotros. Y Jones, papá Jones, que había venido contratado por una naviera inglesa como traductor, en cuantito supo del Balompié de mis pecados, se dedicó a él como un capillita a la Semana Santa. No decía más palabras inglesas que las del diccionario del fútbol. Juerga, toros, cante, vino, guitarra, *Beti* al cuerpo era lo suyo, olvidado de Inglaterra como estaba, que, aunque nació allí, papá Jones no era un hijo de la Gran Bretaña, no vaya usted a creerse, compadre. Él fue el que fusionó al Balompié con el Betis y, de paso, fusiló para siempre al Sevilla. Más bohemio era que Sánchez Mejías, el torero, también a mucha honra presidente de nuestro equipo, como Mister Jones, quien, un día, con aquel alboroto de la Primera Guerra Mundial, dio una *espantá* que ni Curro Romero, todavía lo estamos buscando para darle el homenaje. Se ha fijado usted, compadre: Sánchez Mejías, papá Jones, Rogelio, Curro Romero. Es que las cabras, dicho sea en el mejor sentido de la palabra, que es el de la libertad, tiran al monte. Sánchez Mejías, papá Jones, Rogelio, Curro Romero. Y la Esperanza de Triana, esa Virgen tan guapa y tan gitana que le pone a medio Sevilla el corazón en un puño cuando sale el Viernes Santo y trae a la tierra un pedazo de cielo. A la otra media Sevilla se lo trae de chiripa la Macarena, pero lo que le trae no es un pedazo, sino una mijita, una hebra, porque todos somos hijos de Dios. Y no es que yo diga que la Macarena es menos Virgen, sino que los sevillistas la disminuyen. ¿Dónde están los toreros, los saeteros gitanos, las cupletistas de tronío y las mariconas graciosas sino en el Puente? ¿Dónde Curro Romero, Curro Malena, Marifé o la Esmeralda? Al lado de su Betis, o sea, con su Esperanza, ojos de bayoneta, cosas de mujer, mezcla de madre de Dios y madre de los hombres. *Esperanza, guapa, guapa y guapa*, le decimos, compadre, que usted lo ha visto, borroso todo por las lágrimas, pero más iluminado entre sombras que a las doce del día el parque. Nosotros los béticos somos así de serios y no como los cantamañanas del Sevilla, que tenemos una línea de comportamiento en la que lo más diferente cuadra. Una filosofía. Mi hermano, para que usted vea, del Sevilla a morir, sin que eso tenga sentido es de la Esperanza, lo que resulta igual que poner unos farolillos de feria en el paso del Cachorro o una carabina en las manos de la Virgen del Rocío. Ahí, a su vera, la única carabina que cabe es la Jurado diciendo *olé mi arma* y acompañada por todas las mariquitas de Andalucía la Baja, no he visto en mi vida más que le gustan los apios a la tía, y no se vaya usted a creer que al marido eso lo rebela. Qué va, el marido, que es un choquero con más gracia que fuerza, que ya es decir, cuando se le apunta algo sobre el tema contesta que *mientras sean maricones...* Béticos son los dos. Lo que pasa es que como la una es de Chipiona y se debe a su público, que es todo lo que chamulle en cristiano, y el otro es de Huelva, donde siempre hay que respetar al Recreativo, lo dicen poco, pero más lo sienten. El que lo dice a boca llena es Rodríguez de la Borbolla, nuestro honorable. A Rodríguez de la Borbolla le importan más los goles del Betis que los votos que puedan darle los sevillistas que no votan a Alianza Popular, y hasta se retrata vestido de bético con el equipo, sin quitarse las gafas, vaya defensa, que se parece a Antón con el peluquín, más pelos tiene por el cuerpo que el recambio del doctor Yekil, el *mister* Hyde aquél. Un honorable de pelo en pecho y no como el otro, el *catalino*, que no se comprende cómo procede del mono por los pocos pelos que tiene en la cabeza, aunque, en lo demás, no hay más que verlo o ir al zoológico de Barcelona y *endicá* las lágrimas de la viuda, que una de la plaza de Mayo parece, llorando por su compañero desaparecido. Será *churripuerco* el tío, decir que los andaluces somos anárquicos y destructivos. Los andaluces somos anarquistas, que es diferente. Y destruimos, sí, lo que no tiene gracia, lo postizo y lo falso. Pero, ¿quién ha construido el Nou Camp? Los andaluces, con lágrimas en los ojos por saber que no iba a disfrutarlo nuestro *Beti güeno*. Por más que, pensándolo bien, ¿qué podemos disfrutar los andaluces fuera de Andalucía? La gente nos ve cantar, bailar y contar chistes y piensa: *ya están de cachondeo*. Qué coño cachondeo ni cachondeo. Estamos aliviándonos, que usted lo sabe, compadre, de cuando estuvo en Alemania, pasando más frío que un conejo en las laderas del Polo y con más nostalgia que *El Loco de la Colina* en sus tiempos de Madrid, todo el día con el pasamontañas calado hasta el pescuezo y el disco de los Amigos de Ginés girando, más vueltas ha dado ese disco que Paco Camino. Lo que pasa es que nos ven alegres, y, como ven poco o no más allá de las apariencias, no ven la tristeza que hay en el fondo, la procesión, que va por dentro, aunque no siempre, compadre, que en esto, como en lo del *manque pierda*, tampoco hay que exagerar. Y no hay que exagerar no porque sea mentira, sino porque éste es un país donde los malaúvas y los envidiosos nacen mellizos, y para qué darles carnaza. Si te ven apesadumbrado, se alegran y se dicen: *que le den mucho por la baticola*. Y si te ven de fiesta, les entra un rencor más malo que una caja surtida de cánceres. A los andaluces, también. Depende de qué equipo se sea. Y aunque siempre hay excepciones en todo, eso es lo que hace la excepción, señalar el rebaño. ¿Se puede usted creer, compadre, que a mí me gusta que gane cualquier equipo andaluz siempre que no le gane al Betis y siempre que no sea el Sevilla? Pues a los del Sevilla les pasa como al honorable *catalino*, que todo lo quiere para Cataluña, qué pena de Barça, con esos colores tan bonitos y tan simpáticos, bandera contra el centralismo de Franco durante tanto tiempo. Ellos y los comunistas, por muy bien que a mí me caigan los del *Pesoe*, béticos hasta el corvejón, como Felipe González, al que sólo le falta ya equivocarse en un discurso y decir: *¡Viva España manque pierda!* O como Alfonso, que va a poner, obligatorio, para ser socialista, ser del Betis. Pero la verdad no tiene más que un camino, y, aqúí los que dieron el careto contra Franco son los que son y ni uno más. Ahora, compadre, yo no me lo explico: todos en las trincheras. Más trincherazos han dado que Luis Miguel Dominguín. Y yo sin verlo y, a lo peor, porque como era de la clandestinidad... Todos, ahora, de Quintero, León y Quiroga, queriendo cobrar derechos atrasados de autor. Que si fui de Convergencia, que si estuve en la Plataforma, que si del grupo sevillano del *Pesoe*, que si Franco me persiguió... Compadre, cómo abandonan las ratas el barco... Yo no he visto cosa igual ni tan común. Pero hasta en eso mi Betis es una excepción. Siete años en el pozo de la Tercera y aquí no ha claudicado ni el cómplice de Fernández Ordóñez. Hay que tener aguante y asadura para resistir de esa forma en el pozo, compadre, siete años, como el negro que ya aceptaba hasta ser del Sevilla y del honorable *catalino: de lo hondo de un barranco, / dice un negro con afán, / ¡ay, quién pudiera ser blanco, / aunque fuera catalán!* Estas cosas se sacan yo no sé por qué, porque ni los catalanes son todos iguales, como los sevillistas, ni tienen la *malaje* que se dice ni se merecen esas cosas, venga chiste y cachondeo, porque, primero, son unos señores, aunque tengan

161

gustos raros, y, segundo, porque saben ganarse la vida. Que usted no se explique que a esos gustos le puedan llamar gustos, vale. Y que usted no comprenda cómo tienen fama de trabajadores, también. Eso es un parecer y lo que hay es lo que hay. Ya quisiera yo comer basto, butifarra y pan con tomate al cuerpo, y trabajar menos que los patos del estanque de la plaza de América. Que se lo saben montar, compadre. Y que siempre han hecho lo que hay que hacer, más regulares que los del Protectorado y que Antolín Ortega, nuestro pánzer de oro, sin abdicar, siempre penenes los catalanes. ¡Cómo se raja el personal y qué pocas excepciones hay! Ésos y los béticos, siete años en Tercera sufriendo el calvario y con más moral que Luis Uruñuela. Qué tiempos aquéllos, compadre. Con Franco éramos más sufridos. Me acuerdo que una vez fuimos a jugar a Utrera y hasta en patín se desplazaron béticos al pueblo de la Fernanda y la Bernarda. Treinta mil béticos, sin contar los otros treinta mil que eran de allí, todos como la madre cabal del juicio de Salomón, a ver de quién querían el triunfo. La marcha verde fue aquello, en camiones, en bicicletas, a pie, en carros, como en la vendimia de una finca infinita. Yo, por entonces, era un tapón de alberca, un chavalillo, un aprendiz de bético. Y recuerdo que me dijo mi padre como si le estuviera hablando a un hombre: *Ponte la blanquiverde, trinca la bandera y móntate en el Balilla, que ya vamos a estar donde la Virgen de Consolación*. Fuimos mi madre, mi abuela Encarna, mi padre, mi tío Juan, mi hermano y yo, más contentos que unas pascuas, y, aun así, como piojos en costura, metimos en la caja de mixtos a dos béticos más que iban andando. Andando iban muchos más, cientos de béticos y de béticas en hileras, como una romería. Béticos con sombreros, destocados, en alpargatas, con botas, sin camisa, en traje corto. Y béticas hasta vestidas de gitana. Diciembre parecía la carretera, como en la recogida de la aceituna. Yo no sé, compadre, cómo a mi hermano se le ha podido olvidar aquello. Cómo se le ha podido olvidar el beticismo de mi padre, ganas de llorar me dan, su bar de La Campana, en que prácticamente nos criamos y en el que las veinticuatro horas del día estábamos rodeados de béticos, de jugadores del Betis, de seguidores del Betis y de artistas del Betis. Entre sus muros con olor a *pescaíto frito* y fino Agustín Blázquez conocí yo a Pepe Pinto, a Antonio Mairena y a la Niña de los Peines. Le daba la vuelta a la manga de mi *yersi*, me subía el brazo hasta la cara y con la tenaza forofa del índice y el pulgar me daba más tortura que si el Sevilla nos ganaba. *Este niño tiene más velas que la Virgen del Baratillo*, decía. Y mirando hacia el mostrador le gritaba a mi padre con aquella voz de estremecimiento que se gastaba y que no se sabía a ciencia cierta si era de un ángel o de un demonio, o de los dos arrebujados: *Enrique, a ver si en vez de tirarles el dinero a la cara a esos malajes del Casino, le compras al niño una vagoneta de pañuelos en los Almacenes Santos, que tiene más mocos que un saco de caracoles con pulmonía*. Yo no sé cómo mi hermano se ha olvidado de aquellas cosas y se ha ido con los marmajosos de la apariencia, todo el día en el Casino de Labradores, a ver qué tolete cazan y todo el día en el Club Pineda a ver dónde ponen la percha para que caiga un incauto. Mi padre, que tenía un montón de gracia, como le recordaba a la Niña de los Peines cada vez que la nariz se me rebelaba, le echaba calderilla a los corredores y señoritos como se le echan avellanas a los monos. Los días que cerraba el bar por descanso se

163

armaba de cañas de manzanilla La Guita y a cada *convidá* se guardaba el suelto de las perras, y cuando ya tenía bastante morralla de céntimos y estaba lo suficientemente caliente se ponía frente a los ventanales del Casino y, mientras los llamaba sevillistas como el que está diciendo algo feo, lanzaba para adentro el puñado de perras, *dinero de pobres*, añadía. Más aficionados al metal que los gitanos, cómo eran, no vea, compadre, parecían rebuscadores, todos a gatas, más en guerra que las comadronas en la película *Zorba el griego* cuando se murió la más vieja de todas y empezaron a afanar la herencia de miseria, hecha más partes que la camiseta de Cardeñosa el día en que se ganó la Copa del Rey. Pero no hablemos de gloria, compadre, que no somos nuevos ricos, sino gente que ha tenido de todo, que, como el Tenorio, que hubiera sido bético de nacer en este siglo, ha estado en los palacios y en las cabañas, siempre orgullosa y siempre digna, sin arrugarse en la desgracia y sin sacar pecho chulo en los triunfos. Alegría, sí. Farruqueo, no. Y penas. Muchas penas, a las que dormíamos con nuestros cantes para darnos ánimo a *nosotros* mismos, y las disfrazábamos de Feria de Abril, como en aquel desplazamiento a Utrera, al que sólo han igualado los vecinos de la grifa con lo del Sáhara, pero organizado, menos espontáneo todo que Curro un día de Vitorinos. Qué aluvión de gente en las duras. Como tiene que ser. Para decirle que en el campo nada más cabían siete mil espectadores y entraron quince mil. Aquello era como La Campana cuando pasa El Gran Poder. Y el resto, fuera, al pie del cañón, siguiendo el partido por lo que decían los que estaban encima de las tapias. Qué le voy a decir yo si usted nos ha visto dedicar novenas por un gol, encenderles lamparillas a los santos por un resultado, ponernos de penitencia por un positivo. Cómo sería aquello, que en Utrera todavía se dice *antes de la visita del Betis, después de la visita del Betis*, antes y después del Diluvio, ea, como cuando se quiere poner un hito en la Historia. Como antes y después de la Exposición Universal. Como antes y después de la guerra de España. Como antes y después de Joselito y Belmonte. Y aquella primera gran marcha verde, compadre, fue como la resurrección, porque mi *Beti güeno* ha sido Lázaro y todavía sigue siendo el Guadiana de los goles, que de buenas a primeras lo pone más alto que José Menese y a las primeras de cambio parece que se lo han tragado los abismos del triángulo de las Bermudas. Eso es bueno, no se crea, porque ayuda a no hacer el ridículo galleando hoy, y mañana galleando también, pero como el gallo de Morón. Saber en los momentos del éxito que la torre puede caerse no es mala medicina. Los béticos, en esto, o por lo menos yo, estamos orientados por los sube y baja de la historia, pero es que, además, tenemos a Garmendia, a Requena y a Antonio Burgos, que saben tela marinera, para recordárnoslo. Ellos, los tres, son como unos sénecas vestidos de blanquiverde, como nuestra defensa de pensamiento, diciendo *quieto parado y no hay que lanzar las campanas al vuelo* sino lo justo para que se enteren los sevillistas. Qué ángel tienen los tres, compadre, y qué béticos más buenos son. La madre del Garmendia parece que se *jartó* de sal antes de traerlo al mundo, que tuvo un antojo de bacalao, no se puede aguantar el salero que tiene. Dice que la triple B significa Betis Balompié Bueno, pero para que no se confunda con bueno, bonito y barato, las tres B se abrevian y se sustituyen por GB, que no quiere decir Gran Bretaña, como quisieran los sevillistas, sino *Beti güeno, que é la forma más*

165

*corriente de expresión de la intelectualidá depor-
tiva.* Fíjese, compadre, que define, en su Diccionario
de Cipriano Telera, al fanático como *fiel que profesa
la religión bética, apostólica y romana,* y si yo digo
que a mí me gusta que el Sevilla pierda hasta cuando
no juega, él le pone la guinda: *a mí me gusta que el
Sevilla pierda hasta en los entrenamientos.* Y no se
vaya usted a creer que es sevillano de toda la vida
Garmendia, vamos, hijo de sevillanos, nieto de sevillanos y así hasta San Isidoro. ¿Sabe usted de dónde son
los padres? Vascos. Como suena. Lo que pasa, compadre, es que la gracia del Betis se pega. Si no de qué
iba a tener ese ángel el Garmendia, ese ángel de decir
que *manque* procede del griego, o esa gorra, que
parece que no ha salido de la dehesa en su vida, y esa
barba, que le hace menos juego con la gorra que a un
campero un esmoquin. Todo lo contrario que a un
político una veleta, compadre. Qué buen bético es,
tan bueno como Bizcocho, aquel defensa nuestro que
dijo comerse la hierba porque era verde. Pero el
Requena no se queda atrás. No sabemos los béticos
güenos lo que tenemos con don José María, sí, hombre, el de *El Cuajarón,* aquella novela de toros tan
bonita a la que le dieron el Premio Planeta, a pesar
de que Requena es bético y Lara, el dueño de la
editorial, sevillista. Lara, lará, larito, es ése, del Sevilla,
una vez que un empresario andaluz pone a cavilar a
los catalanes y los golea en el mismísimo Nou Camp,
qué guasa, compadre. Pero para que usted vea: Lara
es del Sevilla a medias. Porque la otra mitad de su
corazón está con el Español de Barcelona. Y esto a mí
me huele a asuntos de negocios. No hay quien me lo
quite de la cabeza. O sea, que los sevillistas son
capaces de vender su alma al demonio. Los sevillistas
o Lara, que lo es. Qué escándalo hubiera sido que

cogiera el carné del Betis también. Ni un político del centro. Del Betis y del Sevilla, que hay cara en al mundo para eso y para más. Yo me imagino a toda la Sevilla que lee liada con los libros de Planeta, aunque los escribiera don Fernando Ardiz, el de *Diario 16*, que escribe menos que un manco de los dos brazos. Ya quisiera llegarle a un tacón a Antonio Burgos. Nuestro Antonio Burgos, bético de abute, que es el Julio Iglesias del periodismo. Qué digo del periodismo, de la literatura, nacionalista andaluz *güeno*, porque nos vamos a enterar, compadre, que hasta que no tengamos un partido nacionalista fuerte no vamos a ningún sitio. Yo no es que sea independentista, que eso es propio de los pueblos atrasados, más primitivo es que un mono cogiendo plátanos. Y mire usted que tenemos motivos, motivos y razones. A ver qué otra región de España ha sido independiente durante ocho siglos. Y cuál tiene una frontera natural como Despeñaperros, el *Telón de Olivos*, compadre, que una vez que yo venía de Madrid en avión y vi aquella hilera de montes, me puse a pensar. Ni la Muralla China de bien hecha, ahí dijo Dios: *de aquí para arriba, todo Mancha, y de aquí para abajo, gloria bendita*. Si parece que han hecho Sierra Morena con un tiralíneas gigante... A mí que no me hablen de que si una nación, para serlo de verdad, tiene que tener un idioma propio. Eso es una tontería, porque, compadre, ¿qué es la Argentina sino una nación? Y los Estados Unidos, ¿qué es los Estados Unidos, un rancho de la *Tatcher?* Si los brasileños fueran portugueses no veas la tabarra que nos iban a dar los vecinos con tantos títulos mundiales. Cualquiera iba a Villarreal de San Antonio a por alfombras de Angola diciendo que era español. Eso del idioma no es argumento. Y, entonces, ¿qué es argumento? Pues que es cosa de tribu lo del separatismo. Ahora bien: nacionalismo es otra cosa. Nacionalismo de cuidar lo nuestro, nuestras fiestas, nuestra habla, la forma de ser, el cante y el baile, las tradiciones, la bandera blanquiverde. E ir, además, a lo práctico. Vería usted los dinerales que iba a meter aquí el partido en el Gobierno si le entrara el miedo de perder la gallina de los votos de oro. Pues por ese camino va Antonio Burgos, por más que la derecha diga que es su Castelar de la imprenta, el sucesor de Pemán y no sé qué otras pampringadas con las que no comulga ni Monseñor Amigo en sus cabales. Antonio Burgos lo que es de verdad es un andaluz como la copa de un pino, de un pino verde, claro, como son los pinos que se precien, y un bético de pro, por lo mismo, por andaluz a mucha honra, aunque por todo el mundo de Dios haya béticos que no han nacido aquí. El Manolo de Vega, por ejemplo. El Julio Iglesias, que se ha hecho socio del Betis y, desde entonces, me parece hasta menos cursi y hasta mejor cantante. Hazibegic, nuestro libre, que va a volver a Yugoslavia cuando toree El Menta, más contento está con el sol y el San Patricio que Alfonso Guerra con un ordenador. Que no, compadre, que no es de Burgos, si lo sabré yo, que hice el Bachillerato Elemental con él, en los Jesuitas. Lo que pasa es que se apellida Burgos como se podía llamar Sabadell, como el nuevo filósofo ese de los dos ojos buenos, uno de la cara y el del culo. Además, cómo iba a escribir como escribe si no fuera de aquí y cómo le iba a echar ese sentimiento a la pluma, ese beticismo de cinco estrellas a los artículos. En mi cartera llevo uno, compadre, al lado del corazón, más doblado está ya que un atleta español corredor de fondo, el de *Real Betis Oité*, otra locura bética que él grabó para siempre en la historia con letras de oro. Qué gracia tuvo aquello, compadre. Los de la construcción más cruzados de brazos que Esnaola en una foto de equipo y el Betis con el campo del Sevilla, que es lo peor, y con la amenaza de la Segunda en puertas si no se volvía al Villamarín. Y, de pronto, que los obreros rompen la huelga, ya extendida por toda Andalucía, porque el Betis peligraba. Como Guzmán el Bueno, compadre. Eso se le cuenta a un miope y cría lentillas. Pues tiene su lógica. ¿Cómo se iban a perder los obreros sus domingos de Primera? Si lo más grandes que tienen son sus domingos en las gradas viendo a sus dioses del regate, ¿cómo iban a permitir el descenso, con lo que el descenso lleva de pérdida de categoría y de traspaso de los mejores? Saborido, un comunista de pelo en pecho, se vio entre la espada y la pared, pero, al final, se inclinó por lo que le dictaba la sangre. Se habla por ahí que dijo una frase histórica, de las de *no te menees*, no, sino de todo lo contrario: *Venga, al tajo, que las ideas pasan y el Betis permanece*. Yo no sé, compadre, si la dijo o no la dijo. Entre otras cosas, porque esas frases tan redondas me suenan a máxima de aquellos campamentos en que todo era honor, heroísmo y servicio a la patria, y a Saborido todo eso le sabe a camisa azul y a desfile, a patria de tres o cuatro guardando sus cortijos. Vaya usted a saber. Lo mismo tenía que decir algo y le pasó como al de la Junta de Castilla y León en un discurso a los deportistas, que en vez de decir lo de la *mens sana in corpore sano* se le fue el Vega Sicilia al cielo y se marcó un *corpore insepulto* más raro para la ocasión que una sotana en un *ring*. Burgos no decía nada de eso en su artículo. Y lo hubiera aprovechado, primero, porque le hubiera sacado punta y, segundo, porque es información, de la que él no suele carecer ni rechazar y de la que sus trabajos están tan bien asistidos, menos cuando le da la perra con Felipe González o con Alfonso Guerra y en vez de documentación y gracia le echa al guiso vinagre, hay que ver qué fantasía y qué contradiós, un bético contra otro bético, que eso sólo se ha visto en los entrenamientos del equipo y en las elecciones presidenciales. Por cierto, compadre, ¿sabe usted que *El Loco de la Colina* se quiere presentar a presidente? Como se presente y gane, ya me veo el Villamarín lleno de lanetos, el campo sin hierba, porque se la van a fumar al primer concierto de rock, las vitrinas del club llenas de versos y discos en vez de copas, al Josele de tesorero y de entrenador a un psiquiatra argentino, de esos que te cogen por banda y te ponen para siempre en el mismo cogollo de Miraflores, más acelerado el coco que la moto de un guindilla. Yo no digo nada. Yo, a votar con mi peña. Porque luego uno se equivoca y te la tienes que tragar. Cosas más raras se han visto, y *El Loco* tiene influencia, arrojo y parla. Además es muy buen bético, demostrado. Que cuando yo trabajaba en Madrid y el Betis iba al Bernabéu, al Vicente Calderón o al Vallehermoso y a Vallecas, allí estaba con su bandera verdiblanca, su medallón de la Virgen del Rocío y unos *oles*, vaya por Dios, compadre, que todos tenemos defectos, más a destiempo que las palmas de un norteamericano. Las cosas como son. Aunque a mí me pega más que ése sería un buen presidente para los de la murga del Sánchez Pizjuán, pero no digo nada, que luego todo se sabe y a lo peor, si sale presidente, me excomulga y sólo puedo ver a mi Betis por televisión y aguantando al ciezo manido del Bacilalupe, al que parece que le han puesto el nombre de una mexicana fumándose un canuto. Con lo bien que cae mi *Beti güeno* a todo Dios y el tío queriendo que empatara el Zaragoza. Eso de que fuera de Sevilla le caemos bien a todo Dios lo he visto yo con mis ojos. Cuando me he desplazado con la peña y cuando en Madrid trabajaba para Palomino, qué vino el Tío Mateo, compadre, cómo se vendía. Como una seda, el vino y el Betis, que en esta vida todo tiene su acople, y el Tío Mateo es, si no el mejor vino del mundo, como dice su propaganda, el más bético de los vinos, que, para el caso, es igual. ¡Tener que beber éste que estamos bebiendo ahora! Que no es que sea malo, que es bueno, pero no es lo mismo. Por la profesión, compadre, por la profesión, que el hombre propone y Dios dispone. Qué bien vivía yo en Madrid si le quitamos la nostalgia y el que veía poco al Betis. Qué gente más sana y qué ciudad más bebedora. El manso se bebe Madrid. Yo no sé cómo no tiene ya cirrosis El Retiro, bueno, en donde tenga el hígado, que pensándolo bien El Retiro es el pulmón, en la Venta de Don Jaime, en La Caleta, en La Giralda, en el Aquí Jerez, en Los Rafaeles, en Don Paco, hecho pedazos lo tiene y funcionando como un Cauny. Allí, en la Venta de Don Jaime, había un bético de Arcos que era capaz de beberse hasta la escoria. *Dadme un punto de apoyo* —decía— *y me beberé Palomino y Vergara.* Con él iba yo a ver los partidos del Betis, no sabes qué berrinches nos cogíamos, siempre ganando en el primer tiempo y, al final, mirando más para abajo que el que va en un barco. A Getafe, en Segunda, fuimos. Al campo del Rayo, en Segunda y en Primera, fuimos también a sacarnos la espina. Al Bernabéu, donde siempre se nos aparecía Guruceta, que más vestido de blanco parecía que de negro, no he visto más penalties que se sacaba del pito o de lo que está al lado del pito. Yo, compadre, que soy mejor hablado que Bueno Monreal, debo de ser así, porque agoté el cupo con Guruceta, Dios me perdone. Pero qué pincho

171

y que soberbio era el tío guasa. Después, en el Vicente Calderón, cambiaba. O será que junto al Manzanares nos ha ido mejor y cada uno ve la feria según le va en ella. Y mejor, mejor, lo que se dice mejor, cuando el cero-cuatro. Porque, después, y hasta el empate de esta temporada, que ya estaba yo en Sevilla, fíjese qué pena, moradas las hemos pasado los béticos. Ganando casi hasta el final, al final e incluso después del final, y en el descuento, toma por culo y borrachera agria, nunca aplazada. Cómo sería la cosa de matemática que el de Arcos me dijo que juntos éramos gafes para el Betis y que, en sus visitas al Calderón, cada uno por su vereda para deshacer el maleficio. Él estaba convencido de que en Don Paco nos había echado una maldición la lotera gitana, a la que nunca le habíamos comprado un décimo ni habíamos invitado a una copa. Y por más que itenté convencerlo de que esas cosas son pamplinas no hubo manera de volver con él al campo, compadre. Pero, ja, mire usted lo que son las cosas, al poco tiempo fue el Betis al Calderón y cada uno por su sitio, por más que nos calentáramos juntos, en Don Jaime, toda la mañana dale que te pego al *mostacán* y ya convencido yo también de que el sistema separatista nos iba a dar resultado. Qué resultado ni qué niño muerto, otra vez pasó lo mismo y yo no iba con el de Arcos, sino con mi Pepe, que me dijo la María: *Bueno, si hiciste al niño socio y lo tienes más vestido de verde que un loro, ¿por qué no lo llevas al fútbol? A lo mejor te da suerte.* Era por Navidad, por esas fechas, más o menos, me acuerdo como si lo estuviera viendo. El Pepito, que es más aficionado a la pólvora que un hincha del Valencia, había hecho con tiempo provisión de artículos de bromas para el día de los Inocentes y mi casa parecía una Santa Bárbara, venga bombas, petardos, bengalas y mixtos de los que se meten en los puros y se te abren como un alcuacil cuando explotan. Bombas de las que truenan, pero también de las que no truenan y es peor todavía, de las que apestan más que un mulo muerto o lo de la Banca Catalana, bombitas de esas de peste. Yo, de momento, caí en que la propuesta de la María era una trampa, porque con el niño, ganara o perdiera el Betis, no me iba a emborrachar ni a perderme hasta el lunes. Pero también pensé en mi infancia y en que me hice bético porque mi padre me llevaba con él a los partidos, amén de por el ambiente bético a morir del bar a La Campana, y en que a lo mejor mi hijo Manolo, que pronto nos va a dar nietos a los dos y Dios quiera que sean del Betis porque si no me arruina la vejez, me ha salido profidén, pero del Madrid, por no meterle los colores en las venas a base de placearlo en Heliópolis, que de esto no quiero hablar. De todo eso me acordé, compadre. Y sin pensármelo dos veces le dije al niño más o menos lo que me dijo mi padre: *Niño, coge la bandera, ponte la camiseta y la bufanda, que ya vamos a estar encima del Manzanares*. Orgulloso me sentía de verlo con su camiseta a rayas, la bufanda a rayas y la gorra a rayas, la bandera y el bote de Coca-Cola, que ahí no pude influir para que fuera Mirinda de limón, en la tribuna como si fuera un hombre, gritando *Beti*, sin *ese*, como tiene que ser, y tocando las palmas a compás cuando salió el equipo. Un padrazo era yo y no sabía por qué estaba más contento, si por ver otra vez a mi *Beti güeno* o porque el niño estaba allí y de casta le venía al galgo repicar por sevillanas, mejor que yo, que el Pepito me ha salido bueno, compadre. Contento y cada vez más porque al descanso nos fuimos con uno a cero a nuestro favor y a mí no me cabía la blanquiverde en el pecho. Pero los niños ya

173

sabe usted que son niños por encima de otra cosa y con toda la naturalidad del mundo, como si no supiera lo que estaba diciendo o como sin darle importancia a los efectos del cólera, me preguntó: *Papá, ¿tiro ahora una bombita?* La verdad es que me hizo gracia y, por un momento, me imaginé la desbandada, la tribuna vaciándose como en el reventón de una presa y todos, atléticos y bético, sin explicarse cómo en vientre humano podía caber tal morralla devastadora. *Ole* mi niño, me dije, mi Pepito *güeno*, que tiene las mismas ideas que yo, la misma imaginación y las mismas ganas de cachondeo. Pero un padre, aunque le guste el follón más que a Marujita Díaz gritar viva España, tiene que comportarse, dar ejemplo. Y, claro, compadre, le contesté que de eso nada, que hay que ser respetuoso con los demás, cívico, bien educado y formal. Al niño le caló la cosa y, como tiene buenos principios, hasta se puso colorado de vergüenza, que a mí me dio no sé qué haber estado tan riguroso, y más con lo felices que estábamos, uno a cero en el descanso y el equipo tan suelto que parecía estar haciendo toreo de salón. Y no se quedó la cosa ahí, porque, a los veinte minutos, el dos a cero y Gordillo como la gracia de Dios, y Cardeñosa, de don Julio, de catedrático, y todo el equipo como mi abuela, con el *mundillo* a toda máquina, haciendo encajes de bolillos por el rectángulo de juego, qué gloria, compadre, que marcó un gol el Atlético y ni nos enteramos, de tanta confianza como daba la superioridad, la que volvió a evidenciarse rápidamente con el tres a uno. El niño estaba como loco de alegría y con una importancia de persona mayor, de persona que se quiere porque lo que ha hecho lo ha hecho bien, por aquella bandera al aire y aquellas palmas con las que había colaborado, por ser del Betis, que difícilmente me voy a sentir otra vez más completo, más justificado y más necesario. Pero usted sabe lo que es el Betis y faltando cinco minutos marcó el Atlético y, lo que es peor, empató en el minuto noventa. Menguó la alegría, sí, compadre, pero había sido tanta que tampoco tenía por qué borrarla la pérdida de un positivo. Sólo faltaba que el árbitro pitara el final para echar las campanas béticas al aire y ya estábamos levantándonos de los asientos cuando sentimos la puntilla en el morrillo. Tres minutos después de cumplido el tiempo reglamentario, compadre. Se me vino el mundo abajo y más cuando miré al Pepito, las lágrimas saltadas, el vaso de la Coca-Cola estrujado de rabia en la mano y la bandera vencida. Y entonces, en vez de compungirme y hacer que él se apenara más, me acordé de cómo somos, de cómo resolvemos las cosas y grité: *¡Viva el Betis manque pierda!* Y bajando la voz y mi cara hasta la altura de la suya, le dije: *Pepe, ahora, tira todas las bombitas de peste.* No habíamos ganado, pero el contrario tampoco había podido celebrar el gol del triunfo en su salsa, cualquiera mojaba con aquel pestazo.

Al salir del campo nos encontramos a mi amigo el de Arcos. Y estuvimos de fiesta hasta las tres de la mañana, niño incluido; no le quiero contar, compadre, el festival que me organizó la María. Ella, a pesar de la holgura con que vivíamos en Madrid, siempre estaba pensando en Sevilla. Siempre hablando de su barrio de Santa Cruz, de la primavera y de la alegría. Hay que tener en cuenta que no todo en esta vida lo hace el dinero y que si yo tenía distracción con tanto bar andaluz motivo de mi trabajo y pretexto de mis parrandas, la María sólo contaba con su televisor y con los días que yo la sacaba a dar un garbeo, bien cuando me acordaba de que también ella tenía derecho a un

175

desahogo o bien cuando venían los de Palomino de Jerez, los directivos, Antonio Sánchez y especialmente don José Prados, el director comercial, quien dicho sea de paso es más verde que E.T. Cómo será el bético que se inventó lo del Trofeo Fabuloso para que lo ganaran los jugadores del Betis, y extraño me parece todavía que no consiguiera cambiar el nombre del Tío Mateo por el de *Fino Betis* o *Fino manque pierda* o cosa parecida con blanquiverde incorporado. Cómo no será de hincha que dice que Dios es bueno no por Dios sino por bético. Y una vez quiso descambiar un transistor porque no tocaba *Camino verde*. Qué hombre con el Betis, compadre, ni yo llego a tanto. El coche, pintado con nuestros colores, su vestimenta ídem de lo mismo y, para colmo, como la mujer da la casualidad que se llama Concha Marina, bautizó su chalé de El Puerto de Santa María con lo que era de esperar: Villamarina. Pues cuando iban ellos por Madrid, la María gozaba de su día libre y de turismo, ya se puede imaginar, Chinchón, Aranjuez, El Escorial, siempre lo mismo, y *tablaos* flamencos, casas regionales y bingos. Una vez, todavía estaba reciente lo del cero-cuatro, cogimos una línea en el bingo del Atlético de Madrid y Prados cantó ¡Betis!, en vez de línea, no le quiero decir la que se armó por lo que entendieron como provocación de un madridista. Hasta que no enseñamos como el que hace señales de morse los carnés del Betis no se apaciguaron los ánimos. Luego cantamos un bingo y se reavivó la cosa, porque, aunque en aquella ocasión no gritó ¡Betis! a secas, le dio por decir: ¡Bingo con *be* de Betis!, y la gente se creyó que había recochineo. Total que, después de algunas discusiones, tuvimos que salir de naja, con el dinero, eso sí, con el dinero para entregárselo a Pantoja, el dueño de La Venta del Gato, ochenta mil pesetas en cante y en vino, que allí brindó por nuestro equipo hasta el gato inexistente que daba nombre al *tablao*. Bueno, pues de esa clase fueron las satisfacciones de la María. Espaciaditas, de tres en tres meses, por lo que tenía más ganas de venirse para Sevilla que la primavera, *ole*, compadre, qué piropo a Sevilla más bonito me ha salido, y aquella *juerga* con el de Arcos y el Pepito colgando fue la gota que faltaba. Desde entonces no hubo palabra que no fuera lágrima, ni gesto que no fuera suspiro, ni comida que no fuera berza. Vamos, que se puso insoportable, y, aunque yo tenía casi tantas ganas como ella de volverme para acá, era consciente de que no podía ser, de que no se puede pedir melón y tener la tajada en la mano. Así estuvimos hasta dos meses, el tiempo que tardó en volver don José Prados a hacer la ronda, quien, al decirle lo que pasaba, me contestó que el representante de Sevilla era un fenómeno y que no podía ser, que si quería sur, a Almería, donde tenía un representante flojillo, que, para acabarla de arreglar, era sevillista. Fue cuando me cambié de *casa*, compadre, la de este vino, que no es que sea malo, pero que no es igual, *manque* lo importante es que estoy en Sevilla y la María contenta. Y a propósito de vino, ¿cuántas medias botellas llevamos ya? ¿Y usted pensaba que a la quinta ya estaba hablando demasiado? ¡Qué poco me conoce, compadre: a la quinta estoy yo empezando a estar lúcido, empezando a beber y a hablar de mi Betis, tiempo hay de hablar de las dotes para los chavales! A la quinta y a la décima, como ahora. Pues como le iba diciendo, compadre, la rivalidad, aquí, en Sevilla, se lleva como en ningún otro sitio. Será que nos conocemos casi todos. Será que las otras capitales en las que hay dos equipos de Primera son muy grandes y la gente, por la calle, no sabe de qué equipo

177

es uno y de qué equipo es otro. Y no es que Sevilla sea un pueblo, sino qué, a lo mejor, la causa es otra. Que tenemos un olfato especial y calamos pronto, por ejemplo. O que necesitamos la rivalidad como cosa que afina el ingenio. ¿No dicen que la mejor defensa es un buen ataque? Mire usted, a lo mejor no hay de qué defenderse. Pero a lo mejor sí. Porque ¿quién le asegura a usted que esto del fútbol no es una válvula de escape a la mala hostia, un sucedáneo de la guerra o una guerra de bromas en la que se pierde en salvas de humo la agresividad? ¿Qué es mejor, cabrear a un sevillista o cargarse a un moro? Quien dice a un moro, dice a un francés o a un portugués, o lo que es peor todavía, que el moro salga ganando, de lo malo lo mejor, compadre, para él. Y con esto de la rivalidad en el fútbol, ¿qué es lo que se mata? Se mata lo que hay que matar: el aburrimiento. Nada hay peor para el hombre que el aburrimiento. Nada peor que andar por ahí sin distracciones, sin pasiones, como una mosquita muerta. Y si algunas de las pasiones pueden ser dañinas, la del fútbol, no. A lo más que se puede llegar es a que alguien se sienta aludido en una burla. Y ya tiene que ser tonto, porque uno se burla de un equipo y se burla en general, nunca en particular, ya que un sevillista, por debajo de su quiero y no puedo, por debajo de sus marmajos pretenciosos, puede esconder un alma de grandeza, como mi hermano, pongo por caso, sólo que, si es así, lo lleva muy en secreto. Muchas veces, compadre, pienso en estas cosas. Y me pregunto: ¿Lo mío del Betis es locura o es inteligencia? ¿Es que yo soy así o es que me hago, día a día, así? Y ¿sabe usted adónde llego? Pues llego a que estamos aquí de paso y sin tener adónde ir. O sea, que no llego a ningún sitio diferente sino a la conclusión de que esto es lo que hay, una locura a la que darle cauce por donde menos estorbe. Luego es inteligencia, no sé si me explico, compadre. Y en ese cuadro ya entra todo, menos la mala leche a propósito y sin gracia, y sobre todo el hinchar mucho las cosas para que no se parezcan demasiado a ellas mismas, la exageración, vamos, como forma de ser. Todo esto es lo que, algunas veces, se piensa, en frío, con la cabeza encima de los hombros, pero en otros momentos parece como si nos olvidáramos y nos dejáramos llevar por el arrebato, compadre, que yo me he puesto a noventa en muchos partidos, como un cafre, arreando más metralla que Pinochet, parece mentira, pero es así. Y qué quiere que le haga si es como la confesión. Después, otra vez lo mismo. Sin remedio. A uno lo paren de una manera y lo que hay que hacer es descargar la tensión lo más lejos posible, o lo más cerca posible de uno mismo, del propio polo, que los opuestos se atraen y es peor. Y ¿no será ese propio polo el Sevilla, que es el equipo que tenemos más cerca, para que la bomba no estalle? ¿A quién tengo yo más cerca, compadre? A mi hermano. Y yo, se diga lo que se diga, no puedo querer nada malo para mi hermano, a no ser que por malo se entienda que baje el Sevilla a Segunda. Pero, compadre, a mí me parece que el vino, ahora sí, me está haciendo efecto, porque me da la impresión que me estoy pasando en decir tonterías. Vamos, que parezco un predicador; cuándo se ha visto a un bético cediendo de esta manera. No te jode. A última hora va a resultar que esta guerra nuestra tiene un sentido distinto al que tiene y ha tenido siempre. Que no, compadre. Que se puede pensar lo que se quiera, pero el sentimiento es el sentimiento y al Sevilla lo pusieron ahí como a los patos de las casetas de tiritos, para tumbarlo. ¡Buenos son ellos! Más vengativos que El Padrino. Me contaba mi hijo Manolo,

179

que pronto lo va a ser suyo, compadre, que un capataz de Dragados era margarita, margarita del Sevilla, no es que le gustara tomar por donde escapa el rancho, y se le puso al tío entre ceja y ceja echar al paro a un bético más cumplidor que Pedro Carrasco. Y hasta que no lo consiguió, aprovechando un lunes en que todavía la euforia del triunfo le estaba dando mareos al bético *güeno*, no paró, sin tener en cuenta que tenía siete hijos. Y ¿sabe usted lo que hizo el hombre en vez de rajarlo como a un melón? Irse con la mujer y los niños enfrente de la obra con una pancarta en la que se podía leer: *Bermúdez, tu madre es una bética, pero tú eres un hijo de puta*. Un mes estuvieron allí y ni la policía hizo nada para evacuarlos, solidarizada con la familia. Y así, todos los días. Nosotros le echamos la gracia y ellos la mala baba, como en la historia esa que se cuenta del bético que fue al Nervión después de la guerra a ver un encuentro de la máxima rivalidad. Entonces, ni aunque jugara el Betis iban los nuestros al Panteón. Porque nos señalaban como rojos y no estaba el horno para bollos y porque, con suerte, había que salir de allí más mohíno que Rocinante, no por el resultado, por las cargas. Pero éste que le digo, con más valor que Jaime Ostos, fue, cómo que si fue. Y cuando el Betis marcó, lógico, empezó a decir *ole mi Beti, mi Beti güeno* y esos gritos de guerra alegre que nosotros lanzamos. La tribuna de Nervión parecía que lo hubiera ensayado. Todos a una, como los del pueblo ese de Córdoba, Fuenteovejuna creo que se llama. Como un coro salesiano, como un orfeón vasco comenzó a gritar *hijoputa, hijoputa* que hasta el árbitro, confundido, se debió preguntar qué es lo que había hecho y para remediarlo se inventó acto seguido un penalty contra el Betis. El bético, más tranquilo que una oveja en un

180

manchón, esperó a que se callaran y cuando los sevillistas ya estaban en otra cosa del juego, se volvió, miró para arriba, pidió silencio y dijo: *Hijoputa, sí. Pero por mi hermano que es sevillista*. Usted ve, compadre, esos son los detalles nuestros, la forma de quitarle importancia al trance, por más que el bético aquél no calculara dónde había hecho el chiste ni el poco sentido del humor que suele tener una hinchada nerviosa. Porque, claro, eso se lo digo yo a un sevillista en la calle y no llega la sangre al río. Se queda tocado, pero no llega la sangre al río. Aquí, de tertulia, esas palabras malsonantes, o esas palabras ofensivas, como usted quiera, no tienen la importancia que le dan en otros sitios. Es más, la mayoría de las veces son saludos cariñosos, maneras de afecto, forma de aplaudirle una gracia al personal. Pero en el Nervión, dichas por bético, Gary Cooper en *Solo ante el peligro* estaba más seguro. Esta historia se la escuché yo como un chiste a La Esmeralda en la primera venta que tuvo por la Azucarera, aquel desmadre de maricones nunca visto en Sevilla hasta entonces. Era por los últimos años de los sesenta, cuando a Franco, de tan ligera como la tenía por el *Parkinson* le dio por abrir la mano y algunas islas de libertad, como aquella de La Esmeralda que, antes que otra cosa, lugar de corrupción y tal como decían los meapilas, lo que era realmente poco tenía que ver con un antro de perversiones sino con un festival de humor. Yo estuve muchas veces porque por aquella época me las buscaba de guía, no es que tuviera el diploma, compadre, sino que me maravillaba yo los treinta machacantes obligatorios en acompañar turistas sueltos, a los que no les cobraba porque mi patrón, o mi patrona, era La Esmeralda, más graciosa y más bética que nadie, con su traje blanquiverde de volantes, su peineta, las manos de leñador, el ojo bizco y una espalda que Sansón debió arrendársela cuando Dalila le cortó el pelo. La Esmeralda y La Zoraya, y algunas otras mariquitas en el paro, que iban por allí a ver qué caía con pelos, eran el elenco, no se puede usted imaginar qué pareja, haciendo una de bética y la otra de sevillista. El acabóse de la gracia, compadre, que la llevaba toda La Esmeralda, porque si La Zoraya parecía la Zoraya de verdad de guapa que era, más sosita era también que la María Ostiz. Hombre, no es que las cosas que decía no tuvieran ángel, no. Las cosas que decía La Zoraya tenían el mismo ángel que las que decía La Esmeralda, que era la que preparaba el guión. Pero al decirlas le faltaba sal, como a Sara Montiel cuando sale en la *tele* y lo primero que se le nota después de la lengua y la sosera es que le han preparado lo que está diciendo. Qué gracia, compadre. Tenían varios números, pero a mí no se me olvidan ese que le digo de la bética y la sevillista y el de *Madame Butterfly,* el desmayo de La Esmeralda y aquellos norteamericanos diciendo *oh,* y algunas norteamericanas llorando, fíjese si serán retrasadas, hasta se lo toman en serio. Pero lo bueno fue cuando le llevé a los japoneses. Estaban en el hotel Fernando III ochenta japoneses que habían venido a Sevilla a un Concurso de Formación Profesional Internacional y puse la visual en su mismo gusto. Tan lejos como andaban de sus islas, aunque no entendieran ni papa, aquello de la Butterfly los tendría que conmover, por el paisanaje, me dije yo. Y allí que me fui con la reata, que Tarzán parecía. Eso, por lo menos, es lo que gritó La Esmeralda nada más que verme aparecer por aquellas puertas: *Le voy a poner un telegrama a Lumumba por haberle dado permiso a Tarzán para que venga a verme.* De los monos no dijo nada porque

La Esmeralda, si alguna vista tenía, con los ojos en cruz de guía a base de bien, era vista comercial y no iba a dejar que se le fuera aquella selva de clientes por medio chiste, y además innecesario, de saber, como algunos de ellos sabían, hablar español. Aquella noche hizo de todo La Esmeralda. De bética, de japonesa, de Conchita Cintrón encima de La Zoraya rejoneando a un japonés, de Lola Flores mareando al *Pescadilla,* de Raphael y de Paquita Rico. De todo. Pero la fiesta, que estuvo ahí, estuvo también en la ganguera que un japonés se cogió con La Zoraya. Se había enamorado de ella, compadre, o de él, que eso no se sabe con esa gente, y todo su afán era convencerse de que no era un tío y, claro, a quién se lo iba a preguntar sino a mí. Tanta lata me dio, tan aburrido me tenía y tan seguro estaba yo de que lo que quería era tener una coartada, que le dije que no, que era más hembra que Chita, una japonesa que había por allí dando saltos. El japonés debía de estar deseando una confirmación, porque fue decirle que La Zoraya era del género femenino y lanzarse a por ella como un paisano suyo *camicase.* Y hasta que dio en duro, compadre, porque a La Zoraya le debió gustar aquel bombardeo y, vamos, que se empalmó, y el japonés, al comprobarlo, no era hombre sino tropa furiosa de Hirohito. Aquel follón me costó el empleo por libre que me traía entre manos. El japonés, o uno de los españoles que organizaban el Concurso, me denunció y el delegado de Información y Turismo, aunque no era sevillista, me puso los puntos para siempre, compadre. Desde aquella experiencia me di al vino, bueno, ya usted sabe, como representante, que al vino me he dedicado desde que teníamos el bar en La Campana, qué tiempos aquellos tan bonitos, sin desengaños, sin que te metieran la albaceteña por la espalda, como

183

me ha hecho mi Manolo, del Real Madrid. Menos mal que por lo menos es real. Y no hay defecto que cien años dure, qué cien años, compadre, menos. Porque yo no pierdo la esperanza y, a lo mejor, como su hija es bética, sienta la cabeza. Fue lo primerito que hice al enterarme que estaba ennoviado. Le dije: *Manolo, a mí no me importa que sea rica o pobre, pero ¿no será del Sevilla, verdad?* Qué alegría más grande me dio cuando me dijo que no, que su desgracia, la de él, compadre, es que no era simpatizante del Real Madrid, sino del Betis. Ahora le dicen simpatizante, qué simpatizante ni qué niño muerto, bética pura. Para qué le habré contado a usted esto. Tranquilo, hombre, que las emociones no son buenas después de los cincuenta. Saque usted el pañuelo, hombre de Dios, que se va a pensar la gente que tenemos un lío. Y venga, no se avergüence que yo también lloraría si descubriera que mi Manolo es de mi *Beti güeno*. ¿Que ya lo sabía usted? Vamos, vamos, póngase otra copita. A lo mejor me lo cambia como un calcetín, ya le digo, y me paso la vejez más dulce del mundo, la más feliz viendo correr a los nietos con la camiseta del Betis, tigres alegres, compadre, qué bonito es el mundo cuando hay identificación. A lo mejor me lo cambia. Qué a lo mejor, seguro. Más pueden dos tetas que dos carretas, con perdón. Y usted, tranquilo. Todavía hay muchos goles que ver, mucho vino que trasegar y muchas juergas que correrse. Mientras queden *Beti* y vino en el mundo, fuera lágrimas, aunque sean de alegría, que el corazón pasa luego el recibo y entonces es cuando ya no hay nada que hacer. Entonces, compadre, se acabó el tabaco, cuchara que se entrega y, lo que es peor, si te vi no me acuerdo, como en el fandango: *Que te tienes que morir. / Disfruta de lo que puedas. / Que te tienes que morir. / Que el día*

*que tú te mueras nadie se acuerda de ti. / Ni tu
familia siquiera.* ¿Ridículo? ¿Cantar en un bar es
ridículo? Ni que fuera usted de Valladolid, compadre.
¿Cuándo se ha visto que cantar en Andalucía sea
ridículo? Ni vino ni nada, hombre. Que venía a cuento
y ya está, pero con lo del negro que estaba en lo más
hondo del barranco es lo único que he cantado esta
noche, ni que fuera yo por el mundo como El Lebri-
jano, venga cantar y cantar. No, compadre. Es que
resulta que estoy intentando que se lo pase bien y
que comprenda y me sale usted con ésa del ridículo.
Si usted dijera algo, porque, compadre, no se ofenda,
usted habla menos que el mudo de los Hermanos
Marx. No dice nada, pero cuando la tira mueve las
columnas de la Mezquita. Que si cuánto vamos a darle
a los chavales. Que si el ridículo, que si estoy bebiendo
demasiado... ¿Es que usted no bebe? Pues lo mismito
que yo se ha bebido, no vayamos a equivocarnos. Vale,
hombre, vale. No ha pasado nada. Lo que faltaba es
que después de sus lagrimitas nos viera algún sevillista
discutir y ya tuvieran tema para el resto de la temporada. Los béticos no discuten entre ellos. Ni los
matrimonios. Conocí yo a un pintor de Los Palacios
que, como no acababa de situarse y andaba por ahí
con más hambre que una chinche en un candado, se
casó con una señora, la más gorda de Sevilla, compadre, de por lo menos veinte años más que él. El pintor
andaría por los treinta y como no se le habían abierto
las puertas del Museo del Prado pensaría que con la
puretona aquella se le iban a abrir las de una despensa
por lo menos. Ella era bética a rabiar y él, pues lo
mismo, aunque la rabia le viniera de los retortijones
que le daba el estómago. Cómo estaría de flaco el
hombre que en el bar Morales le llamaban El Faquir,
compadre. Pero al poco tiempo de casarse se puso

como ella, qué venganza se tomó con la comida el tío. Y, a partir de aquel momento, ya no le llamaron más a ella Moby ni a él El Faquir, sino los Avenidos, no se sabe porque si entre los dos, ida o vuelta de Heliópolis, cogían toda la avenida de las Palmeras o porque siempre estaban juntos. Los sevillistas, que siempre se están metiendo en la vida de los demás, les preguntaban el porqué de su felicidad, así, con un poco de cachondeo. Y ellos, compadre, que nunca escurrían el bulto, y quizá no lo intentaban porque para qué, dadas las dimensiones, siempre contestaban sonrientes: *Por gordos.* Y ¿a que no sabe usted por qué estaban tan gordos? Porque no discutían. Esto, compadre, se podrá o no contar como un chiste. Pero es como yo le digo. Por tanto, ¿para qué vamos a discutir, para irritarnos y darle veneno a la sangre? Mire usted, compadre, hace poco tiempo que nos conocemos, pero lo nuestro ha empezado bien. Por lo pronto, mi hijo se va a casar con una bética. Que sí, hombre, que vamos a hablar de la dote. Y aunque sé poco de las aficiones que usted se gasta, estoy seguro de que vamos a entendernos. Por ahora no hace falta que usted sea del Betis. Con que no sea de lo que no tiene que ser, me conformo. Ya verá cómo con el tiempo se van arreglando las cosas. Yo soy egoísta a mi manera, como todos, cosa de poca importancia. Y la verdad es que a estas alturas, cuando la vida cambia de horizonte, hay que empezar a ser precavido, a pensar en el poco futuro que nos queda. Si le soy sincero, tengo que decirle lo que no quería: que si he venido aquí, más que para hablar de los preparativos de la boda de los chavales, es para ver si se hace bético. Bético con carné de socio, comprometido, ésa era mi intención. Bético güeno. Pero como lo veo dudoso... Dudoso, se entiende, de no tener nada decidido, de estar pensándoselo... Habrá que empezar de nuevo, con paciencia. Yo tengo pesqui y sé con quién me juego los cuartos, compadre. Y sé que usted no es bético todavía, porque si lo fuera hubiera acompañado mi entusiasmo con alguna frase de las nuestras. Pero no le he escuchado ni una sola vez *ole mi Beti* o *tenemos un Beti güeno que no nos lo merecemos* o *viva el Beti manque pierda*, los latiguillos nuestros, compadre, fustas para los sevillistas. A lo mejor es que no le gusta el fútbol, qué cosas más raras se ven en esta vida. Pero ya le gustará. Como le decía, a cierta edad, las cosas cambian y hay que hacer planes, soñar con planes, imaginarse lo que va a ocurrir. Y lo que a mí me gustaría, porque a lo peor el Pepito no se me casa o se casa cuando ya me haya muerto o se casa y la mujer no tiene padre o se casa con una extranjera, lo que a mí me gustaría es que usted, mi compadre, fuera más amigo mío que un rucho, y no solamente amigo y compadre sino consocio del Betis. Ir juntos a la peña, a los desplazamientos que podamos, al Villamarín, un domingo sí y otro no, o todos los domingos que no acompañemos al equipo fuera de su campo, para estar entrenados, por esa avenida de las Palmeras que da gloria. No me diga usted nada, compadre, que no hace falta. Lo de los chavales ya lo arreglaremos. Chitón. Punto en boca. Que no se preocupe... Una boda de tronío, de tronío. Ni la de Lolita. Que no, compadre... ¿Será posible este hombre que lo único que ha dicho durante toda la noche ha sido *mu*, como el portugués, y ahora parece que ha vuelto de Fátima? Que haga el favor, compadre, que de la boda ya hablaremos, déjeme ahora que le siga hablando de mi *Beti güeno*, a ver si se convence de que no hay otro club mejor en todo el mundo y se hace usted socio esta misma noche. ¡Que es que qué! Venga, desembuche, porque si no, es que no me va usted a dejar hablar tranquilo. Al grano. Arránquese, que tarda usted más en arrancarse que un pretendiente tímido. Más tarda usted que un Núñez. Y más que un tartajoso con tanto *es que, es que...* ¡Habráse visto sangre gorda! Así no vamos a ningún sitio. A ningún sitio. Y por la avenida de las Palmeras, menos. Es usted, compadre, más corto que las mangas de un chaleco. Hubo un momento en que me despistó. Y no me refiero a cuando lo creí emocionado porque su hija fuera del Betis. Me refiero a cuando empezó a poner pegas. Me dije: *Aquí va a haber pulso, vamos, que no nos aburriremos.* ¿Será que estoy perdiendo olfato? Los años no perdonan, pero ¿es que acaso soy yo un viejo? Cuarenta y nueve tacos de almanaque. Casi como Esnaola. Cuarenta y nueve tacos de almanaque. Edad de futbolista todavía. De portero bien conservado. De entrenador, por lo menos. Coño, de hincha, ya me está volviendo el mal humor. Si usted me hubiera visto cuando joven, cuando más joven, que tampoco es para tanto. Lecue me decían. El Lecue de La Campana, no se puede ser más bético. Una clase y una fuerza tenía que ni Del Sol, otro ejemplo de la casta bética, nacido fuera de aquí, pero recriado aquí, más de aquí que un olivo, compadre, con un fútbol más fino que el Tío Mateo, por mucho que los papafritas sevillistas quieran darle fama de bruto y se inventen lo de las pirámides de Egipto. Lo de las pirámides de Egipto es que no pega con Del Sol así le unten cien kilos de cola y otros cien de liria. Eso le va a Manolillo el de las Vacas o a San José, barrigazo va y barrigazo viene, tan tosco el muchacho y con el cuerpo tan difícil que para hacerle la camiseta le tuvieron que tomar las medidas con un cántaro. Hombre, que me deje usted explicarle lo que le pasó, ya hablaremos de mi Manolo y de su hija. Le digo que se arranque durante veinte veces y usted parece un disco rayado: *es que, es que...* Más oportunidades ha tenido usted que el niño de Daucik, el Yanko, que por poco construye el Metro de Sevilla de tanto darle a la tierra en vez de al balón. Ahora se espera usted un poquito, porque si no pierdo el hilo. Pues los sevillistas, para dejar malamente todo lo que sea Betis, es que pierden el culo. Del Sol no es que sea el que inventó la penicilina, pero no es ningún patán. Patán y Eva, no, hombre de Dios. Eso se lo decían los rojos a Perón, el argentino, y a su mujer, Evita, la que trajo el trigo. Un patán es un torpe, un inculto, no nuestro don Luis, que no lo ha habido de más clase, seis millones y medio de aquella época pagaron en Italia por el traspaso. Seis millones y medio en divisas, con la falta que hacían las divisas entonces. Pues, bueno, aparte de que en su momento metió aquí más millones que la Perón, y algo tiene el vino cuando lo bendicen, don Luis sabe estar en su sitio, tiene mundología, y no es para que lo pongan de ganso por pura envida. No habla como Valdano, que ése ni en las Cortes. Pero en un pulso con el Bacilalupe y el Maricharla gana Del Sol. O sea, eso de que oyendo al guía en la pirámides dijo que Agromán las hacía en menos de un mes es falso. Más falso que Judas, todo para empercocharnos a los béticos, no se puede aguantar cómo es nuestro Luisito Del Sol. Mire usted, compadre, Luisito Del Sol... ¿Que es muy tarde ya? Vale, hombre, vale. Suelte usted la gallina. Ya se acabó el tira y afloja, ea, y le voy a ser franco: lo de la boda, ahora mismo, a mí me importa un pimiento morrón. Pero para que se quede tranquilo de una vez y me deje a mí también tranquilo, venga: ¿Cuánto dinero hay que poner para el casorio? Lo que sea, que pienso ser el padrino y presentarme en la iglesia con la camiseta del Betis debajo del chaqué. O del *smoking*. O del terno. Para contrarrestar el blanco del traje de la novia. ¿Que no se trata de la boda? Entonces, ¿de qué se trata, compadre, que me va usted a volver loco?

Ahora comprendo yo por qué empezó a llorar cuando le recordé que su hija era bética. De piedra me ha dejado usted, compadre. Purk, a mi lado, es mantequilla flandes. Lo que menos me podría esperar yo, que usted sea sevillista. ¡Sevillista! De piedra me ha dejado usted, compadre. Por más que lo de compadre habrá que verlo. La vida da muchas vueltas y todavía no he visto yo los anillos en sus sitios.

Gil y Vil:
las cuitas de Cantueso

Miguel Cantueso, un periodista literario sevillano que hacía en un diario de Madrid una columna de deportes, recordó el mal día en que, después de una jornada ajetreada, tuvo que salir corriendo de la ducha porque el timbre de su casa sonaba sin descanso como una chicharra en celo. Con el batín empapado, chorreando jabón y pensando en que de no ser porque temía un cortocircuito no hubiera acudido aunque supiera que el molesto visitante le llevaba un cheque, lo recordó desde la ducha, una tarde tan insidiosa como aquélla, en la que al abrir la puerta, darle una propina exigua al mensajero y romper el sobre, se encontró con el tarjetón de don Jesús Gil y Gil, quien lo invitaba a presenciar en su compañía el partido del domingo. El periodista, aireadamente bético, se temió que, como en *Maese Pérez el organista*, hubiera busilis en la atención del presidente, y por la cabeza llena de agua y champú amotinado, se le pasó el chiste del millonario y el gitano que, junto el uno del otro en la postración de la fe, le pedían en voz alta al Santísimo cuarenta millones y veinte duros, respectivamente. La salida del millonario, que terminó por darle los veinte duros al gitano para que no le distrajese a Dios, lo hizo sonreír y relajarse, pero sin que lograra espantarle del oído la mosca apuntadora de sospecha. Con ella en jaque y el roneo del chiste irreverente, la cabeza arrebatada en memorias de tramposerías lo transportó a su Sevilla natal de jazmines y vírgenes matronales y a una mañana de fuego, en la que, intentando resguardarse del demonio y sus ascuas, se metió en el templo fresquito de la Macarena y vio cómo la directiva del Logroñés se empleaba melosa en una ofrenda floral a la Virgen. Cantueso, que estaba en sus cabales, pero se le alteraban con las cosas de lo que es más que una lúdica pelotera, se maravilló en la intrepitez de su arranque. Sin pensárselo dos veces se fue a los pies de su Virgen confiada y, como si ella lo supiera todo menos los intríngulis arteros del fútbol, le dijo: «Macarena, tú, a lo tuyo, a tu Betis».

Debajo de la ducha, Miguel Cantueso no se podía creer aún el arrebato que tuvo aquel día, pero gracias a él el Betis ganó holgadamente, milagro que no suele darse demasiado. Ahora, don Jesús Gil y Gil, la bola aerostática parlante, lo invitaba al palco de su estadio, y váyase a saber por qué sería, recordó como si todavía estuviera sucediendo la llegada del sobre y su contenido rimbombante como de heráldica conseguida por los pelos, apresuradamente y en compra de oportunidad genealógica. Don Jesús Gil y Gil se vestía de seda, pero se le notaba demasiado el zurrón en la vestimenta anímica de cazurro. Reflexionó sobre cómo las asociaciones fonéticas se mancomunan en el auspicio de las conceptuales. Zurrón, serón, serón, cazurro, burro, se dijo, y, a pesar de tanta sugerencia basta, no le cuadró el asunto porque un burro es lo menos cazurro que hay, aunque el cazurro parezca portar serones. Qué diferencia, no obstante, con don Hugo Galera, Hugo, simplemente, para él, pero —otra vez las asociaciones—, qué parecidos el Betis y el Atlético. El Manzanares y el Guadalquivir rendidos a las plantas de sus graderíos, el Currobetis y el Pupas, el regreso dominical desde los estadios respectivos como si el entierro se celebrara a la vuelta en vez de a la ida, el paseo sevillano de Las Palmeras y el madrileño de Las Choperas disputándose *ex aequo* la denominación más apropiada de *Senda de los elefantes*, los seguidores de ambos, tan pacientes, como si el santo Job no mereciera serlo, porque él, y sólo él, había podido engendrar a tantísimos hijos de la resignación —ni San Luis de Francia en número, pensó—, los malasbabas cainitas del Sevilla y el Real Madrid, ambos vestidos de blanco como el Espíritu Santo —rimó— por más que los domingos se vista de negro para disimular, Cuervas y Mendoza, esos dos horteras, y las camisetas rayadas a la vertical como el sindicato franquista. Poca diferencia, en la gracia y en la desgracia, en la gloria y el infierno, en la manía de ponérselos de corbata a los seguidores después de que todo pareciera encauzado, poca, casi tan poca que la existente, la señalan Galera y Gil, más que los clubes. Gil, la verborrea; Galera, la contención; Gil, la exageración sin medida; Galera, la mesura; Gil, autodidacto; Galera, universitario. Don Jesús como la vorágine vital de Baco y don Hugo como el estilizamiento de Apolo, los opuestos de la mitología en su representación de la plebeyez y la finura. Pero como no todo se reduce a una cuestión de forma, Gil con la sensualidad y el tirón de vida de lo revolucionario: la valentía. Y su amigo Hugo, a quien dicha última cualidad es imposible negársela porque de lo contrario no se hubiera metido en un club con trampas sólo comparables a su simpatía, el sentido de la conservación aplicado a achicar las vías de agua del Villamarín, un remedo del transatlántico *Lusitania,* hundiéndose en la sucursal del Guadalquivir que es el Tamarguillo.

Cantueso se hizo ilusiones en un momento dado,

porque le llegó a las mientes la idea de que Gil quisiera los servicios de su pluma como pregonera del aniversario del Atlético de Aviación. Había llegado a sus oídos la noticia de que quería montar un número a base de *majorettes*, globitos, reparto de chachinas entre los socios y lanzamiento de paracaidistas sobre su estadio, y hasta en eso el Atlético se parecía al Betis, que, para celebrar su descenso al infierno de la Segunda, no hacía mucho había celebrado el *Día Mundial del Beticismo* con cante, mucho vino, muchas cupletistas de tronío, más mariquitas todavía con mucho ángel despendolado, un desfile de carrozas y él de pregonero. Seguro. Gil lo citaba en el mismo trono de su grandeza, desde el que con el pulgar hacia abajo mandaba a los leones del paro a la carnaza de sus entrenadores, para que se impresionara con su poder y no pudiera decirle que no. Cantueso decidió que llamaría a Antonio D'Olano para que le adelantara algo. D'Olano era un compañero comunicativo, afable, y relaciones públicas del Atlético de Madrid. Se lo imaginó diciéndole que él había sido el inspirador, la musa —un poco gordo para musa— que lo recomen-. dara a un Nerón sumamente parlante y curiosamente necesitado de otro verbo encendido como el suyo para que la pobre Roma que es el Atlético se quemara del todo. Vio a D'Olano sudoroso, cumpliendo con su deber y lealtad al puesto, pero con el tic nervioso de su carrillo izquierdo multiplicándole el guiño incontrolado como expresión de su desacuerdo con fantochada tal: «Seguro que el presidente quiere meter mano en tu pregón», le oyó decir a D'Olano. «Como en las alineaciones», se añadió Cantueso. «Si lo aceptas —el dinero es bueno—, tendrás que darle caña a los árbitros y al Madrid.» «Mucha caña», se contestó Cantueso.

Cantueso, bajo la ducha balsámica en caridad de curarle todas las heridas que otro día de perros le había distribuido por su corazón y su soledad, recordó cómo fue al palco, cómo Gil y Gil le dio la mano sin calor, acostumbrada al rito de saludar a mucha gente, y, casi al mismo tiempo, la espalda. Se dijo que era un grosero, un maleducado, un mayorista de chorizos y otra cosa menos aplacada y en línea a desligarlo de su padre. Pero, sobre todo, se sintió triste porque, en su fuero interno, había traicionado al Betis, y Gil y Gil, con su invitación, había hecho de manzana tentadora. Hecho polvo y todo por la paliza del día —pensó Cantueso— se iba a sacar la espina de una vez. La máquina de escribir lo estaba esperando como el arma de fuego de una *vendetta*. El primer disparo —el título— sería: «Gil y Vil». Sólo su sentido de la ética profesional se lo impidió a la postre. Y se consoló pensando en lo que debió de hacer y no hizo. En que, mientras el agua de la ducha lo empapaba, le escribía una carta retrospectiva excusándose y diciéndole: «Lo siento, yo a lo mío, a mi Betis. Como la Macarena».

Nieblas de burocracia

Como el director general de Tebeo y Ludotecas ascendió a semejante prebenda desde el negociado de Expedientes Caducos, apenas le tenían respeto a su *currículum* con mancha. Todos los funcionarios bajo su manto habían llegado a la conclusión no descabellada de que era militante del PSOE, si no, no se comprendía que pudiera subir a tanto y a puesto de tan supuesta cultura quien confundía sin sonrojarse al poeta Chamizo con una marca chacinera. A los ojos de los demás, era un aprovechado, un pelota, un quitapelusas y un probador de chaquetas, pues antes fue de la UCD, y en su juventud de Comisiones, hasta llegar al cargo que desempeñaba con más sonrisas que eficacia.

Su subdirectora general de Aprovechamiento de la Cultura era gorda temprana, o sea joven, y el bigotillo sin disimulo posible, amén de las manos de obrera sin cualificar, le delataban un marcado afán por quererse en la querencia a las de su género. Miraba a las secretarias con un desvelo adolescente y una cargada nostalgia de lo que aún no había poseído, y, como el ojo es más rápido que la contención, se le iba a los pechos duros anunciando abril en la mirilla del escote.

Dardanelos Fernández, el jefe de servicio de Nomenclaturas Bibliográficas, había sido azul como las tardes puras del Guadarrama y, además de ser un poco chorizo, también le daba a la mirada con objetivo en las corvas núbiles secretariales, pánfilo y rijoso, para cuya observancia no se paraba en las barras pícaras de tirar gomas de borrar, bolígrafos y *tipecs* al suelo, desde el que podía mirar hacia arriba y conseguir el espectáculo que lo mantenía media mañana en el *water*.

A Dardanelos lo había llamado varias veces al orden el director general de Tebeo y Ludotecas, y como el jefe de servicio no estaba por la labor de recatarse, dijo que tenía Parkinson, y lo disimuló de tal forma maestra que ya no sólo se le caían al suelo los utensilios de trabajo, sino también el bocata de las once. La subdirectora general de Aprovechamiento de la Cultura lo comprendía como nadie, pero no tuvo más remedio que hablar con él seriamente, entrevista muy desagradable de la que salió un acuerdo: Dardanelos se pondría una pulserita dorada en la muñeca, a la que, mediante una cadena hecha con clips, se ataría los bolígrafos. Es que todas las secretarias se amotinaron a una, Fuenteovejuna del funcionariado, y les comunicaron a los jefes que o bien Dardanelos se hacía el estrecho de verdad o ellas se ponían en plan huelga. Ante el ultimátum, la subdirectora no tuvo más remedio que hacer lo que no quería, porque, en más de una ocasión, también ella estuvo a punto de tirar los bolígrafos al suelo. Una de las jefas de negociado se llamaba Demetria Colores y procedía de la Sección Femenina del Movimiento, causa de ayer que le trajo la afición no vencida hoy de bordar en la oficina y cantar coplas doradas de nostalgia a lo Juanita Reina. Tenía una peluca que se fijaba con pegamento *Y*medio, carencia capital del pelo que le hizo desaparecer una llama de butano enfadado, como otra jefa de tal jerarquía, también procedente de la camada de Pilar Primo de Rivera, unos pies de plantígrado excedente tan grande como el olor que desprendían. Los demás miembros del Departamento eran oscuros como su función, por lo que no voy a relacionarlos ni en sus quehaceres ni en sus vulgaridades, que agradecían los antedichos como a criaturas que no iban a hacerles la competencia. Ése, precisamente, era el trabajo a que más se aplicaba don Verecundo Figueras, el director general enamorado de la jefa de Protocolo del señor Ministro, una foca antártica con melones por pechos, que escribía versos cojos como los de Rodríguez de la Borbolla, su ídolo imposible porque él sabía que formando en las huestes de Guerra le esperaba un porvenir más positivo.

A Margarita Tortilla, que así se llamaba la subdirectora, a Dardanelos Fernández y las dos jefas de negociado, no los esperaba, sin embargo, la veleidosa fortuna, convencimiento más que suspicacia por el que siempre se estaban quejando contra el gobierno de don Felipe, que no daba una a derechas, como ellos querían, procedentes de la ídem. Y por aquel panorama de poco futuro funcionaban al ralentí, que es como siempre funcionan y funcionarían de venir de nuevo don Jacinto Florido, un exegeta de *Fragata* Iribarne, con quien tan bien se entendían. Pero don Jacinto cascó con toda su primavera, luctuosidades de la vida en cuyo homenaje recordatorio Demetria Colores tuvo que dejarse en el olvido las virguerías alegres de su apellido y cambiar la peluca con mechas por una negra como su porvenir. A partir de entonces, no sé qué tiene que ver el dolor con la comida, se hizo vegetariana, y en vez del bocadillo de anchoas o de salchichón, se mascaba durante tres horas en el bar uno de aceitunas sevillanas sin huesos. Por tal ejercicio, y tan demorado, le pusieron a Demetria *La Sin Huesos*, pero estaba como un alambre, y cuando

203

por su negociado aparecía la vaca encargada del Protocolo del señor Ministro, eran Montserrat Caballé y La Parca juntas. Dardanelos Fernández, que tenía la *sin hueso* más afilada que Demetria el físico de aguja, era quien ponía los motes, y al director general le decía el *Cambio 16*; a Margarita Tortilla la *Boyoyó*, por lo otro y porque siempre estaba hablando de ella para impresionar a las secretarias, nunca se sabe lo que puede suceder mañana; a Demetria lo que he dicho; a su colega de los pies fragantes, *La Espantamofetas*, y a la del Protocolo del señor Ministro *La Sansona del Siglo XX*. En cierta ocasión la vio salir del *water* donde él palizaba a su hermano pequeño rebelde, pero la noticia no es ésa, sino que detrás de ella salió el *Cambio 16* hecho un jayán de alegría, y Dardanelos se lo comunicó al Departamento entero, el cual no dudó en echarle la culpa de tanto libertinaje a los socialistas corruptos.

—Son unos sinvergüenzas —exclamaron a coro.

—Con Franco, esto no sucedía —acordaron.

El caso fue que el director general de Tebeo y Ludotecas perdió temporalmente el poco crédito que pudiera tener, la foca de Protocolo el virgo de ballena, Dardanelos Fernández la jefatura de Servicio, la subdirectora la honrilla, porque, entre el dime y el direte, lo suyo clandestino o simplemente supuesto se propaló como lo del director general y la gorda, y a Demetria la dejaron sin el colorines de su negociado, como a Delfina Rupestre, su colega, sin más distinción que su olor a pies.

Triste sino el de los pobres y desamparados, puesto que pasado el tiempo a don Verecundo Figueras le dieron otra dirección general en otro ministerio, la de *Continencia y Soslayo*, casóse con la gorda y ni siquiera tuvo a bien invitar a los esponsales a la émula de Juanita Reina, a la de Rocío Jurado —a la cual, si no le fungelan los pies, los tiene de jugador de baloncesto—, a la de Safo, y al sabueso de Dardanelos Fernández, quien ahora guarda, de tanto servicio prestado como prestó, sólo la dedicatoria de un libro de don José María Pemán, quien, en aviso de a lo que se daba o por simple coincidencia, le puso: *Ojos que ven, corazón que late*. Así de sencillo, cardiólogo del autógrafo. Pero Dardanelos se lo va enseñando a todo el mundo, agradecido, como una medalla y tan contento como cuando don Jacinto Florido lo elevó a su perdido rango de jefe de servicio.

Ah, triste realidad: Demetria Colores para sí quisiera un poco de perfume, aunque se lo prestara *La Espantamofetas*; Margarita Tortilla un pobre negociado, y *La Espantamofetas* algo con lo que distraerse que no sea la antología de mefíticos que necesita para que no le canten como le cantan los pies, en lo que se deja el sueldo.

Ah, triste patria oscura y sufrida, *Nieblas de burocracia* tan ajenas, pero tan próximas a las *Luces de bohemia* que Valle eternizara como Dardanelos, ambos con una sola mano, en el *water* ministerial. Y es que todo, incluso lo opuesto, se parece en sus sombras.

El nombre de las cosas

I

Miró la mar enfrente, en retirada, con la confianza de saber que sus ciclos son inmutables. El sol también se retiraba hacia poniente y, por un instante, temió que la luna no expandiera su manguera lechosa aquella noche. Con la pala, comenzó a abrir en la arena un hoyo grande, más profundo que ancho. El atardecer había dejado la playa solitaria y sólo unos niños, a unos trescientos metros de distancia, correteaban por ella. Recordó cuando él lo era y ya se empleaba en las cosas menos infantiles de observar a las parejas de novios besándose, una costumbre que lo marcaría y lo haría circular para siempre en un furtivismo absorbente de darle a la vista gozo. Desde entonces, el dulce oficio de mirar fue su dedicación más atendida y, aunque le había proporcionado más disgustos que deleite, el imán del cual no podía independizarse y la mezcla de impotencia y de dulzura que hace cumbre, infierno o gloria, lo prohibido. Mientras cavaba, y en el hoyo cada vez más amplio quería ver la solidaridad de lo que nos guarece, la memoria le trajo algunos de los zarpazos crueles de su vida, pago sin duda al beneficio de sus ojos escrutadores. Dedujo que el placer lleva una cruz —ya lo sabía— y que muy cerca de una corona de gloria se esconde, al acecho, una corona de espinas. La idea de la corona lo hizo mirar hacia donde había depositado su credencial para el cielo, tal vez pensando que la arena desalojada con la pala podía enterrarla y, con ella, sus sueños de aquella noche. Estaba allí, a la vista, sin mancillar su máscara, en espera de cumplir su función de catalejo sin potencia. Era su pasaporte, su antifaz, sus antiparras milagrosas, por más que sólo fuera una lata con dos agujeros a la medida de sus ojos, la que se colocó en la cabeza a manera de yelmo una vez que, con la vista ejercitada, midió el hoyo que había hecho en la arena y esparció con la pala la amontonada a su alrededor. A pesar de su experiencia se sintió nervioso y, una vez dentro del hoyo, temió que los niños desplazaran su campo de juego y lo descubrieran. Creyó que se había introducido en él antes de tiempo, el anhelo, quizá, de anticiparse el espectáculo que la pareja de enamorados brindaba cada noche, junto a una roca cercana, poco después de que sonara el toque de ánimas del purgatorio. Sin embargo, todo transcurrió como estaba previsto y, a poco, la pareja de amantes se dibujó por el paseo marítimo; entrelazada la vio bajar por las escalerillas, y luego dirigirse hacia la roca, su extremada querencia. El corazón le comenzó a latir fuerte, desmandado, con las apreturas de la pasión y las velocidades del deseo. Sintió en su pulso cada beso, cada caricia en su sangre, y, al contemplar los muslos duros solares de la joven como una fruta mordida y ver los labios de su acompañante ascendiendo por ellos con la franquía de un autócrata, notó más húmeda la arena que lo encubría y como si una filtración submarina le hubiera desembocado en la bragueta.

Fue larga su turbación de limbo que asociara a su nada la punzante sensación de la sal en la herida. Y más larga su agonía de interminable campana rebelada, cuando el amante, que adivinó la fiebre de sus ojos, disparó a placer su borceguí sombrío contra la lata encubridora.

De oírlas tantas, desde entonces, al mirón se le llama en Cádiz Antoñito Campanas.

II

Antoñito Campanas tenía un compañero de vicio y de desdichas, Joaquinito Flores. Los mirones son gente sufrida, solitaria e independiente, pero, en las duras, dan en unirse, como todo gremio. Antoñito le contó a Joaquinito lo que hizo de su cerebro un campanario a destajo y encabritado, todavía en proclama fatal de día de Corpus, la Ascensión o Viernes Santo. Y Joaquinito, en justa reciprocidad mártir, le dijo que su vía crucis no era diferente ni contaba con menos estaciones. A intención de refrendarlo con su mala sombra, la que le oscurecía ciertos planos visuales del mayor gusto, le contó lo que los empataba, si no en desgracia de oídos o humillación tan severa, en desconsuelo de verse delatados. Y, entre la floresta del Parque Genovés, trazó una noche embriagante de verano, con una luna báquica, alta y redonda sobre la plata móvil del agua de la bahía, la música cómplice de un mambo y toda la sensualidad descarada del sur concentrada en el ambiente sofocante. Una pareja en urgencias de amores se había adentrado en la espesura, y Joaquinito, con ramaje incorporado como si estuviera en las fragosidades del Vietnam y fuera *marine* de la base de enfrente, la de Rota, se hizo vecindad dulce de flores, camuflado entre ellas, capullo más de aquellas rosas y geranios que mareaban con cardinal olor de flora entusiasmada en sus oficios de estío, y desde su búnker de pétalos y follaje vio en

211

éxtasis de sutura la mano que no necesitaba ojos para orientarse, docta en camino de profundidades, conducida maestramente al objetivo desde el control remoto de la costumbre. La chica gimió, como su compañero, y Joaquinito debió de entrar en mímesis de quebranto, porque el joven amante se dirigió hacia su bastión de aromas, y sin necesidad de desabrocharse de nuevo la portañuela, regó tanto y tan fijo que pareciera que el largo arriate sólo tuviese un metro cuadrado y las tragaderas de un desierto.

Otro mirón circunstancial con más fortuna y empeño indemostrado fue quien dio la noticia del suceso por toda la ciudad más vieja de occidente, que, como se sabe, llama a sus gentilicios por los motes que dan en merecer según sus tendencias.

III

De ver a Onofre circular con visado por entre las parejas atareadas en la Alameda, les vino la idea de emularlo. Onofre tenía salvoconducto para pararse sin problema alguno frente a las piernas abiertas de la chica de turno —la braga al fondo como un último pero— en su pregón de iguales, en su bastoncito blanco y tacteador, en las gafas negras de *gangster* americano demasiado explícito. Onofre era ciego y andaba como por su casa por la Alameda de Apodaca, a la que una multitud amante descarriada iba por la noche para desquitarse al cincuenta por ciento de las privaciones del día. Antoñito Campanas y Joaquinito Flores decidieron emular a Onofre de verlo libre y mariposón al fisgueo imposible, y se compraron un par de gafas oscuras, otro par de bastoncitos blancos y unas tiras de cupones que airear. La Alameda ya tenía tres ciegos, tres ruiditos monótonos de bastón y tres pregoneros de la suerte donde el personal la quería de otro signo, amén de las parejas de siempre arrebatadas de reciprocidad en sus partes. Con el paseo mecánico de ida y vuelta y de un día y otro día en tan menguado territorio, por entre los bancos y las fronteras de los arriates, llegó la terna a coincidir y a hacer amistad gozosa. En su oteo, Antoñito y Joaquinito le relataban a Onofre las vicisitudes del horizonte dado en caricias menores y mayores, mimosas, turbulentas, con límites o empernacadas. Antoñito y Joaquinito le decían a Onofre: *ahora le mete mano, ahora le mete otra cosa*, cine sonoro más que cine. Y así, durante mucho tiempo, pulieron sus noches y su dinero diario en cupones Antoñito y Joaquinito, hasta que una de ellas comprobaron, por el albur de mirar a otra cosa que no fueran bragas, tetas, muslos y lenguas trashumantes, que los cupones que pregonaba Onofre, y que nunca llegó a vender prevista la poca demanda del sitio, tenían fecha de antes de que se conocieran. Onofre no era ciego, no lo era, sino un sátiro mayúsculo, que es como se le dice en Cádiz a los mirones. El sátiro colegiado Onofre el Lince, tal le llamaban en su barrio de La Viña. Pero la amistad, o la colaboración, no llegó a romperse por el engaño descubierto. Y entre los avisados cachondos que se entretenían con ellos, como ellos en otra práctica, comenzó a correr un nombre nuevo para definir a los mirones sin miramiento: *Tres iguales para hoy*.